NHK BOO

1280

「新しい時代」の文学論

夏目漱石、大江健三郎、そして3.11後へ

oku kensuke

奥 憲介

NHK出版

はじめに――「新しい時代」から「新しい時代」へ

新しいという言葉ほど古めかしい言葉はないかもしれない。歴史書を開けば無数の新しい出来事の集積が記述されているし、新聞やテレビはもちろんのこと、教師や会社経営者、評論家、政治家たちは、日々新しさに触れないことのほうが珍しい。日常の暮らしの次元においても十年二十年前といまを比べると、そこかしこに何かしらの新しさが生じたことが実感できる。わたしたちはこれまでずっと、さまざまな新しさを与えられることによって、目覚めさせられ、期待させられ、あるいは急かされ、脅されてきた。

だが、わたしたちは新しさがもたらしたものを実感することはできても、新しさそのものを見、触れることはほとんどできない。たとえば幼少の頃、花が咲く瞬間をこの目で見ようと、いつ開くとも知れない花弁の形を想像しながら、じっと蕾《つぼみ》を凝視していたことはないだろうか。いつまでたっても何も起こらず、ふと目を離した隙にいつのまにか蕾は花に変わっている。よほどの幸運でもない限り、蕾が消え、花が顕れる瞬間には立ち会えない。新しさはいつも超スローモーションのような、目視できないほどの緩慢な変化とともにやってくる。

「新しい時代」とは、物事の見え方や考えが転換し、人々の価値観がそれ以前と大きく変化し、社会の形が変わっていくことであるが、わたしたちはそのことをいつも後から知ることになる。時代の切れ目、新と旧の境界点、変化が起こる瞬間に立ち会うことはできず、すでに変化が起こった後、あるいは変化しつつあるときに、ようやく新しさがやってきたことを知る。すなわち、わたしたちが直面する「新しい時代」とは、ある出来事が生じた後につづく「その後」という時代の時間軸のことなのだ。

「新しい時代」とは何かを理解するためには、新しさそのものが何かということと、時を経てそれがもたらした「その後」のありようを知らなければならない。しかし、それは簡単なことではない。「新しい時代」を形作っているものは、出来事や事象だけではなく、そこには政治や社会のありようや仕組み、文化の意匠、人々の思想や精神の変化を生み出した、ある集合的な内的経験と、変わることを押しとどめようとするわたしたちの深部に潜むものとのせめぎ合いが内在しているからだ。

「新しい時代」と文学というものを結びつけようとする理由はここにある。その時代の人々の生のありようとともにあった文学は、個人の位相においてさまざまな新しさをとらえ、それがもたらすものの多様な内実を社会に開く形で言葉にしてきた。

ある作品が書かれ、そして読まれるという一対の行為のなかで、時代の変化のピースが重なり合い、共有され、それによって「新しい時代」の輪郭が映し出されてきた。それらは個人の内的な言葉の集まりでありながら、時としてその時代を覆う、ある大きな経験とその軋《きし》みを代弁する役割を果たしてきた。作家とその文学を読み、論じることは、あたかも花弁が開いていくさまが目の前で再現されているかのように、時代とその変化にじかに触れることである。

「小説家として生きることは、その時代がその人間に集結すること」(『作家自身を語る』)

大江健三郎は、作家の生み出す作品は、作家固有の生を支えるものであると同時に、彼の生がそこに内在する社会のあり方を映し出すものであると述べている。作家は言葉によって自らが生きる同時代のありようを生成していく。その新しい言葉が誕生する坩堝《るつぼ》を探索していくことそのものが創作という行為となる。

「新しい時代」が訪れる、まさにそのはざかいで優れた作家や作品が生み出されることがある。蕾が消え、やがて花が顕れることにいち早く感応し、自らの生がそこに内在する時代の変化を主体として引き受けようとする作家をここでは、「新しい時代の作家」と呼びたい。

これから述べていくのは、この「新しい時代の作家」たちとその作品についてである。だが、彼らの作品に表れているのは、新しさそのものとは限らない。時代の終わりとはじまり、新と旧、変容の鮮やかさばかりが描かれているのではない。わたしたちが見出すのは、むしろ鮮やかさとは真逆のもの、開花しきれないいびつな花弁、凝固したままの蕾、花ともいえない無残な何かであったりする。

なぜなら「新しい時代」を主体として引き受けるとは、自らの生と言葉を時に危険にさらしながら、間違い、挫折しながら、新しさがもたらすものと格闘する、全人的な行為にほかならないからだ。

3・11の地震、津波、原発事故、そして放射能汚染という未曾有の惨禍に見舞われた後の十年間、わたしたちはそれ以前とあきらかに違う時代を生きている。テロ、無差別殺人、自然災害、パンデミック、戦争、ヘイトクライム、カルト……3・11を中心にした二〇〇〇年以降の時代を覆っているのは、他者性を欠いた理不尽な暴力というほかないものだ。これらの暴力の連鎖は、わたしたちが思う以上に、社会や個人を全的に損なっていき、いまも損ないつつある。

わたしたちの生は、何ものか正体のわからないものに奪われ刻まれているかのようにますます脆《もろ》く、不確かになっていき、社会と個の紐帯《ちゅうたい》は修復しようもないほどの状態にある。その実感は日増しに濃厚になってくる。

にもかかわらず、この国で何が起こり、わたしたちは何を経験し、どう変わったのか、あるいは変わることはできなかったのか、ということがいまだにはっきりしない。そもそもわたしたちは、自らの生が内在しているはずの現在に対して、どのような問いを立てればいいのかすら、つかみ切れていないような気がしてならない。

わたしたちがいま生きているのは、どのような時代なのだろうか。わたしたちはそれを「新しい時代」と名付けていいのだろうか。

それを考えるために、これまで日本がどのように「新しい時代」を迎え、経験し、乗り越えてきたかを知ることからはじめたい。

近代化以降、わたしたちの生のありようを形作ってきたといえる大きな出来事は二つ、明治維新とアジア・太平洋戦争である。それはまさに「新しい時代」として国の形を大きく変え、社会や人々の精神に変化をもたらしてきた。

この二つの大きな経験を背負った「新しい時代の作家」として夏目漱石と大江健三郎がいる。

夏目漱石は、言うまでもなく明治という時代を生きた作家である。近代化の明と暗を知り抜いていた彼は、個であることの自由と孤独、その罪と罰を『こころ』という作品で形象化した。

「わたし」という個であることの宿命的な「淋しさ」を自らの命でもって伝えるほかなかった百年前の「先生」の遺言は、「新しい時代の作家」としての漱石の声そのものである。このよく知られた作品から立ち上がってくる言葉は、分断され無力化していく現在のわたしたちの生にいまどのように響くのだろうか。

大江健三郎は、若い世代にとっては、おそらくはその個々の作品よりも文名のほうが知れた作家であるかもしれない。とりわけ小説に馴染みのない人にとっては、日本で二人目のノーベル文学賞を受賞し、その作品は難解で、反原発活動や憲法改正反対など時の政権へのアンチとしての活動で時どきメディアに取り上げられることもある高名な作家というイメージが一般的なのかもしれない。

戦争の只中で少年時を過ごし、敗戦という大きな出来事を自らの生の中心にとらえ、戦後日本という特殊な時代のありようを表現の土台としてきた大江は、戦後を代表する作家である。戦後日本の変遷とともに数多くの作品を通して独自の表現を深めていったその遍歴は、時代によって損なわれた人々の精神を恢復《かいふく》するために自らの生を更新し、新しいモラルを発見することであったといえる。大江の作品を読むことによって、「新しい時代の作家」とは何かを理解することができる。

しかし、3・11の災禍とそれがもたらしたものは、大江の積み重ねてきた長い歩みを根底から揺さぶることになった。3・11以後にこの国で生じたことに直面し、自らの生を支えてきたものが脆くも崩れ、損なわれたと感じた大江は、「自分の書いていた小説にまったく関心がなくなりました」（『作家自身を語る』）と述べるほかない状況に追い詰められることになった。それは彼自身がこれまで自らの生を賭けて書き継いできたものをなかったことにするほど大きな出来事であった。

二〇一一年三月十一日。三陸沖でマグニチュード9・0の地震が発生。これは日本の観測史上最大、一九〇〇年以降の世界でも四番目の規模の地震であった。十メートル近い巨大津波が市街地とそこにいた人々をもろともに押し流していった。死者一万五千九百人、行方不明二千五百二十三人（二〇二二年三月警視庁）。震災関連死三千七百八十九人（二〇二二年六月復興庁）。未曾有の大災害が東日本を覆った。

その後、翌十二日福島第一原発一号機建屋で水素爆発、十四日三号機建屋で水素爆発、十五日朝二号機四号機で爆発音、四号機で火災、十六日朝四号機で火災、三号機から白煙が上がる。十一日の津波によって、全電源喪失が発生。メルトダウンが起きる。カタストロフィは目前にあった。人々は東日本全体の壊滅という事態への覚悟を迫られた。水素爆発によって大量の放射線が大気中に放出され、汚染水は海へと漏れ出た。多量の放射能物質が海や土を瞬く間に汚染し、気流に乗って首都圏をふくめ広範囲にひろがった。多くの人が避難移住を強いられ、国は「国際原子力事象評価尺度（ＩＮＥＳ）」をチェルノブイリ原発事故と同じ、最悪の「レベル７」に引き上げた。

東日本大震災はその後、震災後文学、ポスト３・11と総称される多くの作品群を生み出した。読む側も書く側も、いずれもが震災後に結び合わせながら、ひとまとまりで論じられるそれらの作品からは、大震災がわたしたちにもたらした、いまなおもたらしつづけている多様で重層的な経験の様相がみえつつある。

明治と戦後、漱石と大江という二人の作家が格闘した足跡に、わたしたちが３・11で経験したことと現在の生のあり方を重ねてみる。「前近代」と「近代」と「敗戦」と「戦後」、そして３・11の「その前」と「その後」。新しさや変化の質量だけではなく、新しい生き方が求められているという深度において、それぞれの時代の裂け目は、わたしたちはいかに生きるかが問われる「新しい時代」としてある。

３・11後、「新しい時代の作家」であろうとする書き手たちが現れてきた。川上弘美は、『神様　２０１１』でいちはやく３・11の「その前」と「その後」を切り取った。何も変わらないままで、しかしすべてが変わってしまった日常の風景は、わたしたちが直面している3・11後の「新しい時代」がどのようなものかを伝えている。

多和田葉子の『献灯使』は、川上弘美が見た「その後」の世界の向こうに、いつか見た古い未来を描いた。死ねない老人たちが、生まれながらにして命を損なわれ長くは生きられない子どもたちの面倒を見る。絶望し怒りに駆られる老人と、絶望からも苦しみからも排除された子どもたちが暮らすのは、鎖国と管理と支配で閉ざされた日本である。周到に折り重ねられたデジャヴュがもたらすのは、過去と未来、現実と虚構が倒錯したディストピアである。

村田沙耶香の『コンビニ人間』もまたディストピア小説であるが、読者はここで描かれているのが、想像上の世界のことではなく、自身もそこに含まれているいまの現実のリアルな写生であることに気づかされる。世界から切り離された完全無欠の個が放つ笑いとユーモアの背後には二〇〇〇年代の暴力が接続されている。

これらの作品が描いているのは、「わたし」を浸食し、不安定に揺さぶってくるもの、何ものかに飲み込まれコントロールされているような恐れが「わたし」と世界、他者との間のいっそうの分断、あるいは同調を迫りながら、行き先のわからない怒りや苛立ち、不自由さや無力をいざなってくるディストピアとしての3・11後の光景だろう。

わたしたちがたどり着いてしまったのは、個の無力化と分断が極まった、このような取り返しのつかない世界なのだろうか。わたしたちはそこでただなすすべもなく、ばらばらな個として立ち竦《すく》むことしかできないのだろうか。どうすれば時代の困難に抗し、損なわれた個と社会を再生する新しい生を生きうることができるのだろうか。

その問いは、かつて漱石、大江がそれぞれの時代からの問いかけを引き受けたように、3・11後の世界を生きようとするわたしたち自身が受け止めなければならない。

いまをいかに生きるかという問いを未来に開くとき、夏目漱石、大江健三郎、そして3・11後のわたしたちへ、「新しい時代」から「新しい時代」へ、手渡されるものが見えてくる。それらを問い直し、つなぎなおしながら、これからの新しい生に向かう「新しい時代の文学」の可能性について考えていきたい。

3・11が生んだ作品群のなかから、わずかにその希望を感じさせるものが出てきている。それらがこの先「新しい時代の文学」たりえるのかはまだわからない。しかし、そこからは困難に満ちた「新しい時代」を引き受けようとする言葉がたしかに聞こえてくる。

目次

第三章　「新しい時代」の文学に向けて――3・11の「その後」をどう生きるか　164

編集協力 湯沢寿久
校 閲 髙松完子
DTP 山田孝之

第一章

百年の淋しさ——漱石『こころ』からの呼びかけ

「淋しい人」からの手紙

朝日新聞に連載されていた夏目漱石の『こころ』が出版されたのは一九一四年、大正三年のことだ。いまから百年以上も前のことになる。『こころ』は漱石の作品のなかでおそらく最もよく知られた作品のひとつだろう。高校の教科書に載り、著名な評論家や多くの学者たちが、『こころ』を巡って何度も論じてきた。そのなかには作品と時代を見事に切り取ったもの、あるいは近代日本そのものを論じた、優れて刺激的なものがたくさんある。『こころ』というテキストを読むとき、例えば江藤淳や柄谷行人の漱石論と渾然一体となった味わいすら感じることがある。

それらあまたある『こころ』の読み方のひとつをいまさら新しく加えようとは思わない。しかし、それは『こころ』という作品をきちんと理解し、もう言うべきことはないという意味なのかというとけっしてそうではない。

人々の間で長く読み継がれてきた多くの小説がそうであるように、『こころ』もまた、折に触れ引き寄せられるように再読したくなる作品だ。自分の経験からいえば、それは個人的な悩みや苦しさにとらわれて動けないでいるときと、もうひとつ、社会の移り変わり、時代と時代の節目を感じ、思わず立ち止まってしまうときだ。そんなときにふと、あの「先生」の独白を聞いてみたいと思うことがある。

『こころ』は、謎かけに満ちた作品である。

「私」と「先生」との交流、「先生」とK、お嬢さん(のちの「先生」の奥さん)を巡る関係、そして「先生」の自殺。この作品は漱石の代名詞でもある三角関係、恋愛を巡る告白小説でありながら、そうとは言い切れないものが含まれている。

大岡昇平は「「先生」はいささか無理矢理に自殺させせられてしまった」(『小説家夏目漱石』)と述べ、柄谷行人は「先生がなぜ死ななければならないのかということは、おそらく作品そのものからは理解できない」(「漱石試論I　意識と自然」)と書いているが、評論家が指摘するまでもなく、親友と愛する女性の間で煩悶《はんもん》する青年の揺れ動く心理は多くの読者をとらえたであろうが、「先生」の自殺はというと、どうもそうではない。なぜ「先生」は自殺までしてしまったのか。そんな疑問を感じる人も少なくないだろう。

恋愛、人間関係の苦悩以外に、「明治の精神」や「乃木将軍の殉死」など、それらしいことがほのめかされるが、作品のなかでそのことが説明されることはない。一方の当事者であるお嬢さん（奥さん）をひとり残し、自死することの理由はわかるようでわからない。

高校時代、クラスメイトたちが恋愛沙汰の結末としての「先生」の自殺を自分勝手だと口々に〝非難〟していた記憶があるが、漱石ほどの作家がなぜ、幾分唐突であるように見える自死をわざわざ「先生」に課したのだろうか。

もうひとつは、「私」と「先生」が出会う冒頭の場面に出てくる。学生であった「私」は鎌倉の海水浴でたまたま「先生」を見かけ、それがきっかけでお宅にお邪魔するようになり交流がはじまる。「私」が家に訪れると「先生」は、また来ましたね、と静かに迎えてくれるが、あるとき突然「私は淋しい人間です」と言い、「私は淋しい人間ですが、ことによると貴方《あなた》も淋しい人間じゃないですか」「私にはあなたのためにその淋しさを根元から引き抜いて上げるだけの力がない」と前後の脈絡なく一方的にそう語りかける。「私」は「先生」が何を言っているのかよくわからない。「先生」もおそらく相手に伝わっていないとは知りながら、二人の出会いのはじまりに、あたかも予言のようにある「淋しさ」を語ってみせる。

「私」と「先生」を結びつけた「淋しさ」、あるいは「先生」の心にあって、「私」を通じて感じた「淋しさ」とはどのようなものだったのか。

そして最後は、「先生」が「私」に残した「手紙」についてだ。

『こころ』は、「先生と私」「私と両親」「先生と遺書」の三つのパートから成り立っている。メインは「先生」が自殺に至るまでの出来事を記している「先生と遺書」である。「先生」の長い独白は、あたかもここだけが独立した私小説を読んでいるかのような錯覚に陥るが、これはあくまで「先生」が「私」に宛てて書いた長い手紙なのである。よって、読者であるわたしたちは、「先生」が「私」に宛てた私信を読んでいることになる。

しかもそれは「先生」が書くかどうか考えに考えぬいたあげく、意を決してしたためたものだ。

「受け入れる事の出来ない人に与える位なら、私はむしろ私の経験を私の生命《いのち》と共に葬った方が好《い》いと思います。（略）貴方だけに、私の過去を物語りたいのです」と、「先生」は他の人間ではなく、この世界でたったひとり、ほかならぬ「私」にだけ手紙を書く。そこには「先生」のこれまで誰にも言えなかった秘密、一生を決した本当の事が書かれている。

記憶して下さい。私はこんな風《ふう》にして生きて来たのです。（『こころ』）

なぜ、「先生」は命を捨てなければならないほどの切実な私事を、この「私」に伝えたのだろうか。「先生」と「私」の関係は、一生の秘事を分け持つほど深く刻み合ったものとして描かれているかというとそうではない。では、なぜ漱石は、わざわざそのような仕掛けをしたのだろうか。

『こころ』は、漱石の小説のなかでは珍しく登場人物に名が付けられていない。その匿名性にも何か理由があるはずだ。もし「先生」と「私」に具体的な名前が付けられていたら、『こころ』は違う作品になっていたことだろう。わたしたちは、それが手紙であることをより意識させられ、書く側と読む側の個別の関係や心情に思いを寄せながら、第三者としてそのやりとりを鑑賞したことだろう。

しかし、匿名であることによって、わたしたち読者は、「先生」という謎めいた人物が若い友人に宛てた個人的な手紙を、あたかも自分に宛てられた告白のように読む。「私」のなかにわたしたちを重ねる、そんな読み方に誘われる。「先生」の手紙、その言葉は、一対一のプライベートなものでありながら、あたかもわたしたち全員に残された遺言のように響いてはこないだろうか。

「淋しい人」「先生」の不可思議な自死、そしてわたしたちに残された「手紙」。

明治という時代を生きた漱石は、「新しい時代」を生きる人間の生のあり方について深く考察し、自らも真面目にそれを生きた「新しい時代の作家」であった。

『こころ』という作品を通じて、漱石は次の世代へどのような問いを伝えようとしたのだろうか。

「わたし」というたったひとつの個であるために

幼くして両親を失った「先生」は、信頼していた叔父に相続した財産を騙し取られ、以来故郷とは一切の縁を切り、人間不信に陥っていた。東京の大学に進学した彼は、下宿した先の大家さんとその娘（お嬢さん）との交流のおかげで少しずつ頑なだった心が解きほぐされ、しだいにお嬢さんに恋心を抱くようになる。

一方、「先生」は同郷の幼馴染で無二の親友であった苦学生のKの苦境を見るに見かねて、自分の下宿で共に暮らすことを勧める。Kは親の期待と意向に逆らい、勘当されてまでも自身の目指す学問への努力と執着によってすっかり衰弱していたが、友人である「先生」の計らいと下宿先のお嬢さんとの交流によって少しずつ回復していく。そしてKもまたしだいにお嬢さんに好意を寄せるようになってしまう。

それを知るや「先生」は嫉妬心に駆られ、Kの存在が大きく心にかかってくる。恋敵を前に焦るあまり、恋情に苦悶するKに対し、「精神的に向上心のないものは馬鹿だ」と言い放ち、残酷に突き離す。自分もまたお嬢さんを想っていることをKに隠したまま、「先生」は先を越されまいと策略を巡らせて、母親である大家さんにお嬢さんとの結婚を申し込み、了承を得る。

それから「先生」はKに対する呵責《かしゃく》の念に苦しめられる。親友への思いにいつわりはなかった。しかし、自分がしたことは到底倫理的ではなく、良心を裏切ってしまったことへの後ろめたさに攻められ、痛みを感じてやまない。「先生」はKの正直さと善良さと信頼を利用したことに対して、「もし誰か私の傍《そば》へ来て、御前は卑怯だと一言《ひとこと》私語《ささや》いてくれるものがあったなら、私はその瞬間に、はっと我に立ち帰ったかも知れません」と、何度もKにすべてを打ち明けようと思うのだが、それが果たせない。

そうして罪の意識に苦しんでいたはずだったが、お嬢さんとの結婚を許された日、つまり欲していたものを手にすることができた日、「先生」は悦びのあまり、高揚した心を抱えて長い間東京の街を歩きまわる。その間、あれだけ気にかかっていたKのことなどすっかり忘れ、思い出しもしなかったことに気づく。そして下宿に帰ってKを見かけたとき、はっと彼のことを思い出し、その刹那にKに手をついて謝罪しようと思うが、やはりどうしても実行に移すことができない。

こうして「先生」は、こうすべき、こうありたい自分と、現実の自分とを一致させることができないでいる。

その数日後のこと。Kが「自分は薄志弱行《はくしじゃっこう》で到底行先《ゆくさき》の望みがないから、自殺する」という遺書を残して自死する。その遺書には、もっと早く死ぬべきだったのに何故今まで生きてきたのだろうという意味のことが書き遺されていた。その後、「先生」はお嬢さんと結婚するが、Kとのことは誰にも話さず自分の胸にしまいつづける。

それ以来「先生」は仕事もせず、人との交流も断ち、人が変わったようになる。そんな「先生」の姿を見かねて奥さん（お嬢さん）は何度も理由を質《ただ》し、自分が至らないせいではないのかと泣くが、「先生」はそれにこたえる言葉を持たない。

欲しいもののために親友を裏切ってしまった自分は「狡猾な男」であり、「正直な路《みち》を歩くつもりで、つい足を滑らした馬鹿もの」であると吐露するほかない「先生」は、自分もあの軽蔑すべき叔父と同じ種類の人間でしかなかったことに気づき、自分自身に対してすら深く癒しがたい不信と嫌悪を抱くようになる。

そうして「先生」は、自身のこうしたふるまいはすべて他者を顧みない「利己心の発現」であったことを知る。

この「利己心」というものは、漱石を語るうえで重要な意味を持っている。漱石はちょうど『こころ』刊行後に行った「私の個人主義」という講演のなかで、イギリス留学時代、自らが依って立つものが見つからなかった煩悶を語ったあと、「私はこの自己本位という言葉を自分の手に握ってから大変強くなりました」と述べている。「その時私の不安は全く消えました。（略）私は多年の間懊悩《おうのう》した結果ようやく自分の鶴嘴《つるはし》をがちりと鉱脈に掘り当てたような気がしたのです」と言い、「その四字から新たに出立した」のだと言い切ってさえいる。

漱石が生きた時代は、日本を含め世界が激動し、地殻変動の真っ最中であった。漱石生誕の年、明治天皇が即位した。その後、戊辰戦争、自由民権運動、大日本帝国憲法の発布、日清戦争は漱石二十七歳のとき、日露戦争は三十七歳、韓国併合、大逆事件、明治天皇逝去、そして大正に変わり第一次世界大戦と時代は次々に移り変わっていく。明治という「新しい時代」を迎えて以来、日本は開化という名の急速な西洋化・近代化を迫られ、科学技術の遅れを取り戻し、富国に徹し、列強に伍して帝国主義を担い、国家を膨張させるというまさに「大きな物語」にわき目もふらず向かっていた。

漱石は、そんな日本の「大きな物語」を易々《やすやす》と信じることはもちろんなかった。むしろ、根本では疑いを持っていた。西洋が長年にわたって積み重ね成し遂げたものは「内発的」に違いないが、それをただ倣っているに過ぎない日本の近代化は「外発的」であり、「上滑り《うわすべ》」の真似事にどれだけ血道をあげても、そんなものは空しいことでしかない。漱石は、開化というものは、本来「内発的」でないと嘘だと断じている（「現代日本の開化」）。

開化を「人間活力の発現の経路」だと考えていた漱石は、人々のうちに「内発的」ではないもの、押しつけられ、鋳型にはめられることの生の軋みを見て取っている。それは、漱石が考える近代化が求める個のあり方、個人主義の内実と深く関連している。

明治国家の立役者、福沢諭吉は「一身独立して一国独立す」と述べ、個のあり方と国家のあり方を地続きとしてみなし、国家の独立と自立のために個のあり方を問うた。漱石もまた個人と国家を重なりあうものだと考えていたが、漱石の「個人主義」は国家のためというのではなく、個そのものに比重がおかれている。漱石の問うた個というものは、個それ自体の「人間活力の発現」のありようであったが、それは同時に近代化に呻吟《しんぎん》する日本のありようを映し出すアナロジーでもあった。漱石は、個に立脚した小説を書くことは、きわめて政治的社会的な行為であること、そしてその影響力を自覚していた作家であった。

個が「内発的」に生きるとはどういうことなのかを考えようとしたとき、漱石が眼前に置いたのが、この「自己本位」というものだった。何ものにもよらない自分を出立とした「自己本位」は、漱石がいう「人間活力の発現」としての純粋な個人主義を構成するものにほかならない。「自己本位」という出発点から、たったひとりの個として他者との関係や、倫理、道徳を考えていく。そこから行動原理が生まれ、社会とつながりの始点もそこにあるはずだ。

いまでこそ、漱石が自身の出立地点だと宣言したこの「自己本位」というものの切実さは理解しにくいかもしれないが、借り物でも押しつけられたものでもない個とは何か、それはいかなることなのかという問いを突きつけられた漱石、そして明治の知識人にとっては抜き差しならぬ問題であったはずだ。それは言うなれば、個人としてあることの自由という、近代以降、現代にいたるまでつづくわたしたちの背負った命題の始まりともいえる。

自由や個という概念は、明治とともに輸入された「外発的」なものだった。その「外発的」に与えられてしまったものを、いかに「内発的」なものとして受容していくか。明治維新の前年、近代の幕開けとともに生まれた漱石は、自分を指して「中途半端の教育を受けた海陸両棲動物のような怪しげなもの」だと述べている（「文芸と道徳」）。幼少の頃に叩き込まれた漢学の素養と、英文学を通した西洋という名の近代の間で引き裂かれるように生きた、こうした漱石のありようは「近代的自我の苦悶」として名付けられ、ひろく解釈されてきた。漱石が「国民作家」という称号を与えられているゆえんもそこにある。

「新しい時代」が訪れ、古い価値観や規範が壊れ、それとともに他者とのつながりや社会のあり方もが変わっていく。その変化の中心にあるのは、「わたし」という新しい個のあり方への問いである。人々はそれぞれに内面の自由を希求しながら、自分であるとはどういうことなのか、そのためには、何が獲得され、何を犠牲にしなければならないのかを知らなくてはならない。「近代的自我の苦悶」を端的に表すならそういうことになる。

たしかにそれは漱石が考え抜いたことであり、『こころ』の主題でもあるだろう。しかし、「近代的自我」とだけ片付けてしまうと『こころ』という作品の中心にあるものが見えなくなってしまう。

「淋しさ」が生む「恐ろしい力」

何ものにも邪魔されることなく自己であること、自身の生への欲求を肯定すること、その見晴らしのよいエゴイズムはしかし、諸刃の剣のごとくそれを扱う者に傷を負わせる。そもそもこの小説には、お嬢さん（奥さん）の心情もKの内面も描かれてはいない。「先生」の自己の剝き出しの告白は、言わば他者と断絶していく過程にほかならない。「先生」は事件の当事者であるはずのお嬢さんにさえ胸のうちを話さず、自身の死後もKとのことを秘密にするように「私」に言い残す。「先生」にとってはそれが愛のひとつの形式であったのかもしれないが、愛とはほんとうにそういうものなのだろうか。

「先生」は、「自己本位」という利己心によって愛する女性を得ることはできたが、Kを裏切ってしまった。「先生」は自己へ誠実であろうとすることによって、別の誠実さを裏切ってしまう。その罪の重さ、呵責、倫理観の強さによって「先生」は自殺したのだとしたら、そこにはどうしても違和感が否めない。それ以上に、「先生」の自殺は漱石本人が「自己本位」を自らの出立としたと言ったこととも見合わないように思える。「先生」の恋愛と自殺というふたつの行為の間はつながっておらず、そこには別のものが存在している。

Kの死を最初に発見したのは、隣室で寝ていた「先生」だった。ナイフで頸動脈を切ったKのまだ乾かない血潮の痕が目の前の唐紙に迸《ほとばし》っていた。そんな陰惨な現場においてそのとき「先生」がまず最初にしたことは、机の上にあったKの遺書に目を通すことだった。彼は慌てて遺書を確認し、そこにお嬢さんにまつわること、すなわち自分にとっての不都合な真実が一切書いていないことを知り、「助かった」と胸をなでおろす。それは自分がKにした卑怯な仕打ちが誰にも知られないことへの手前勝手な安堵であることは言うまでもない。

そしてその後、改めてKの死と向かい合ったとき、「先生」をとらえたのは、悲しみではなく、ある「恐ろしさ」だった。彼は悔恨の涙を流したのではなく、Kの死から発せられる何か恐ろしい黒い光が、まさに未来におよぶ自身の生涯を照らし出したのだとまぎれもない予感を得て立ち竦んだのだ。以来ずっとその「恐ろしい力」に苦しめられることになる。

死んだつもりで生きて行こうと決心した私の心は、時々外界の刺戟《しげき》で躍り上がりました。しかし私がどの方面かへ切って出ようと思い立つや否や、恐ろしい力が何処《どこ》からか出て来て、私の心をぐいと握り締めて少しも動けないようにするのです。そうしてその力が私に御前は何をする資格もない男だと抑え付けるようにいって聞かせます。すると私はその一言《いちげん》で直《す》ぐたりと萎《しお》れてしまいます。しばらくしてまた立ち上がろうとすると、また締め付けられます。私は歯を食いしばって、何で他《ひと》の邪魔をするのかと怒鳴り付けます。不可思議な力は冷《ひや》やかな声で笑います。自分で能《よ》く知っているくせにといいます。私はまたぐたりとなります。（同前）

いかなるときも「先生」をとらえて離さず、ついには自死にまで追い詰めていった「恐ろしい力」とは何だったのか。

「先生」はその力に縛られている状態を「苦しい戦争」「牢屋の中《うち》に凝《じっ》としている事」と書いているが、それは恋人を得るために裏切ってしまった友に対する悔恨、倫理的な罪悪感というものではなく、もっと別の、最も深いところから彼の生きる力そのものを不穏に揺さぶり、存在を奪っていくほどの根源的な力である。

「自己本位」から出発し、何ものからも自由であるべき個を見つめようとした漱石がぶつかったのは、依って立つものがない孤独のなかで膨れ上がる自我の醜さと、恐ろしさだった。自分に正直にあろうとして進んできた果てにあったのは、自我への固執が生み出した他者の不在と自身に対する不信と不安、そして自己抹殺への誘惑であった。その苦しみは「内発的」ではなく「上滑り」の開化を宿命づけられた、わたしたち日本人の精神のありようと通底しているのではないだろうか。

それまで抑圧されていたものが天蓋《てんがい》を開けられ、外に一気に迸り出るとき、それは解放であると同時に、危険が付きまとうものでもある。近代がさまざまな旧なるものに縛られていた個というものを解放することとなのだとしたら、個は自由を得るとともに、自らを滅ぼす力をもまた手にしてしまったことになる。それはさながら、なにひとつない荒野に放り出された旅人が、飢えと渇きの果てに自らの血を啜《すす》り、肉を食ってしまうというような、そんな凄惨な光景にほかならない。

そして漱石は、個であることに付きまとい、自他を破壊してしまうほどの「恐ろしい力」にとらえられてしまう運命にある人間を「淋しい」という言葉で表している。

私は淋しい人間だが、あなたも淋しい人間ではないですか。

出会ってまだ間もない頃、「先生」は「私」にそう語りかける。「自由と独立と己《おの》れとに充《み》ちた現代に生れた我々は、その犠牲としてみんなこの淋しみを味わわなくてはならないでしょう」という「先生」に、「私」はそのとき、ある「覚悟」を感じる。

「私」が「先生」に感じたこの覚悟という言葉は、かつてKが「先生」に向けて言った同じ言葉と響き合う。

「覚悟、――覚悟ならない事もない」（同前）

お嬢さんへの思いについて厳しく問いただしてくる「先生」に、Kが唐突にそうはっきりと言って返す場面がある。その調子は独り言のようでもあり、夢のなかの言葉のようでもあったのだが、恋敵を前に思い悩んでいる「先生」はそんなことを感じ取る余裕はない。その言葉を、Kがお嬢さんに対して進んでいくという意味に誤解した結果、悲劇的な結末を迎えることになるのだが、後になってようやく「先生」は、覚悟という言葉に込められていたKの思いに追いつくことになる。

私はKの死因を繰り返し繰り返し考えたのです。（略）Kは正《まさ》しく失恋のために死んだものとすぐに極《き》めてしまったのです。しかし段々落ち付いた気分で、同じ現象に向って見ると、そう容易《たやす》くは解決が着かないように思われて来ました。（略）私はしまいにKが私のようにたった一人で淋《さむ》しくって仕方がなくなった結果、急に所決《しょけつ》したのではなかろうかと疑い出しました。（同前）

「先生」はKの自殺の理由を考えつづける。彼は失恋の痛手によって自殺したのではないし、理想から隔たった自らの生に絶望したせいでもないことに気づいたとき、Kもまたもしかするといまの自分のようにたったひとりであることの淋しさによって生を閉じたのではないかという疑いにとらえられる。そのとき、「先生」は自分が「Kの歩いた路を、Kと同じように辿っているのだ」という予感に撃たれ、「慄《ぞっ》と」するほどの荒涼たる孤独のありかを見る。

自分もKも自らの意思で故郷を捨て、何に阻まれることのない自由と独立を勝ち取り、己を得ることができたのかもしれない。しかし、その代償として誰とも分かり合えないほどの孤独を抱えることになった。

ひとりであることの孤独を、「孤独」という状態を表す言葉ではなく、「淋しい」という情動のこもった言葉で言い表したところに漱石その人の生と、『こころ』という作品の奥行きが映し出されている。

山崎正和は漱石の「淋しさ」を指して、「作者自身の不安」でもあれば、「時代全体の問題」でもあり、「人間そのものの宿命」でもある（『夏目漱石『こころ』をどう読むか』）と述べているが、「淋しさ」とは、何かを求めてやまない心のありよう、揺れ動くさまであり、おそらく近代以降、現代に至るまで生を求める誰しもが宿命のように胸に抱えているもののはずだ。そしてその「淋しい」心こそが、時にその人の生を根底から揺さぶり、魂をがっちりとくわえ込む「恐ろしい力」を生み出してしまうことがある。

『こころ』はひとりきりであることの「淋しさ」を巡る作品である。そう考えれば「先生」とKは、「淋しさ」を生きることを覚悟した漱石の自己対話でもあるだろう。

「先生」はなぜ死ななければならなかったのか

漱石は開化を成し遂げた人間は結果としてひとりひとりがばらばらになっていき、空虚と不満と不安を抱くと述べている。漱石のいう「淋しさ」とは、「自由と独立と己れ」を得たことによる個が支払うべきいわば代償である。それは「近代的自我」と名付けられ、漱石を語るキーワードとして量産されているが、しかしその便利な言葉には、ある決定的なものが欠落している。

漱石は、人間がばらばらになってしまうことを単純に「淋しい」と言っているのではない。孤独と空虚を抱えてしまうことが「淋しい」のではない。その「淋しさ」が向かっているのは、近代という時代そのものではなく、その変容ということに対してなのだ。ある時代とある時代の狭間、そのトランジションの間に宙吊りになっているもの、時代の移り変わりそのもの、新と旧、新しく現れるものと喪われていくもの、それらを包み込む大きく深い心情をこそ、漱石は、「淋しさ」と名付けたのだ。それは旅人の持つ淋しさに近いかもしれない。自身をどこに運んでいくかわからないはるかな道、未知の場所への戦《おのの》き、そして後に残していくものへの思い、それを誰とも分かち合えない寂寥《せきりょう》。

そして漱石の「淋しさ」は、そのまま彼の生のありようにつながっている。漱石が「淋しい人間」というとき、それはそのことに耐えて生きていくほかないという痛切な時代認識によって支えられている。

江藤淳は、『こころ』を「「愛」の不可能性を立証」した作品とし、救済の可能性から突き離された孤独な精神による「自己抹殺」を見出している（「「心」――所謂「漱石の微笑」」）。潔癖な「淋しさ」はたしかに他者を損ない、自身をも殺してしまうことがある。しかし、「淋しさ」によって生を完結し終わらせることは、果たして漱石の生への態度と釣り合っているだろうか。

私は寂寞《せきばく》でした。何処からも切り離されて世の中にたった一人住んでいるような気のした事も能くありました。（同前）

信じるに足るもの、生の手応え、愛、それら求めながら得られないものの不在がいかに大きなものであれ、またどれほど自己処罰の誘惑に晒《さら》されようとも、ひとり耐え忍んで生きることもまた人間のありようなのだ。それが『こころ』のひとつの主題だとしたら、「先生」の死はやはり説明がつかない。

「先生」は、自殺を決心した直接のきっかけとして、明治天皇の逝去とそれにつづく乃木大将の殉死を挙げている。「明治の精神に殉死する」という言葉も出てくる。それゆえにこれまで「先生」の自死と「明治の精神」を結びつける多くの論考が書かれてきた。しかし、奥さんとの笑談《じょうだん》の一コマで発せられたその言葉がどのようなものなのかは作品からだけではわからない。「先生」は、西南戦争の際に敵軍に旗を奪われたことで明治天皇への長年の慚愧《ざんき》の念があったという乃木大将の記事を新聞で読みながら、乃木さんの死んだ理由が自分にはよくわからないとわざわざはっきりと断ってさえいる。つまり、漱石は「明治の精神」とはいかなるものかについて直接的には書いていないのだ。

天皇と乃木大将の死が「先生」の自死をいざなったとは思えない。自分の生年とともに即位した明治天皇の死によって自身が生きた時代のひとつの終焉に強く思いを馳せたことはたしかだが、時代の終わりを「先生」の生の終わりにつなげるには飛躍がある。

『こころ』というテキストを読む限り、やはり「先生」の死は謎であるとしか言いようがない。では、作品の瑕疵《かし》ともなりえる「先生」の自殺を、漱石はなぜわざわざ書いたのか。作品の完成度を犠牲にしてまで漱石が伝えたかったことは何だったのか。

唐木順三は「先生」の死を「「明治の精神」である「自由と独立と己れ」の犠牲となって倒れた」(「夏目漱石論」)とし、柄谷行人は、「先生」は「「慄《ぞっ》とする」ような荒涼たる風景のなかで死ぬのだ」(「漱石試論Ⅰ 意識と自然」)と述べ、「先生」は明治の精神によって死んだのではないが、彼を死に至らしめた風景を見させたのは、先生が明治の人間であったからだとしている。つまり、「明治の精神」を、「淋しさ」を生んだ「新しい時代」としてとらえることで、犠牲としての「先生」の死を意味づけている。

つづけて柄谷は、「先生」は自分がみた「「慄とする」ような荒涼たる風景」がどのようなものであるかを、明治という時代がどんな時代で、何を生み出したのかを「新しい人」に伝えようとしているのだと指摘している。姜尚中も同様に、『こころ』は、漱石が「死」によって「生」を描いた作品であるとして、「人の「死」には必ず、それを受け継ぐなんぴとかの「生」が必要」であって、「「先生」にとっては、まさに「私」がその看取りの人であった」と論じている(『100分de名著　夏目漱石　こころ』)。

「先生」がなぜ死んだのかという問いは、『こころ』の最後のパートである「先生と遺書」がなぜ手紙でなければならなかったのかという問いと重なり合う。

なぜ「先生」は手紙を書いたのか。それは端的に「先生」には伝えたいことがあったからだ。ではなぜ、その手紙が遺書でなければならなかったのか。

私は暗い人世の影を遠慮なくあなたの頭の上に投げかけて上《あげ》ます。しかし恐れては不可《いけま》せん。暗いものを凝《じっ》と見詰めて、その中から貴方の参考になるものを御攫《おつか》みなさい。（略）私は今自分で自分の心臓を破って、その血をあなたの顔に浴《あび》せかけようとしているのです。私の鼓動が停《とま》った時、あなたの胸に新らしい命が宿る事が出来るなら満足です。（同前）

なぜ手紙を書いたのか、それがなぜ遺書でなければならなかったのかは、この文章に凝縮されている。「先生」は、ほんとうに伝えたいことを伝えるには、自分の心臓を破って血を流し、その血で言葉を綴るほかなかったのだ。この手紙を書くために、漱石は「先生」に自死を与えなければならなかった。

「先生」が伝えようとしたことは何だったのだろうか。漱石はその内実を書いていないし、説明もしていない。しかし、それはやはりあの大きく深い「淋しさ」というもの以外の何ものでもない。漱石が「先生」の死を通じて伝えようとしたのは、論理的に説明可能なものではない心のありようであり、ある時代において人の生をとらえる何ものかだ。

「先生」は「淋しさ」ゆえに死んだのではない。「淋しさ」とともに生きるということはいかなることかを次の世代に伝えるために死んだのだ。自らの命を差し出すことによって新しい命を生かす。犠牲による生の受け渡し。「先生」の自死そのものよりも、その犠牲を強いてまで「新しい時代」のために何かを伝えようとしたことこそが、『こころ』の隠れた主題にほかならない。

「新しい時代」のために

「先生」の死は、「新しい時代」の「新しい命」のためにあった。しかし、そうして命を賭けたにもかかわらず、「先生」は「貴方《あなた》にも私の自殺する訳が明らかに呑み込めないかも知れません」と書き遺している。なぜならわたしたちの間には「時勢の推移から来る人間の相違」、つまり生きる時代の違いがある。「先生」は、自分の「淋しさ」がその後を生きる人には理解されないことの諦念も感じている。死を賭して伝えるべきことを伝えようとする熱情と、しかしそれがけっして果たし得ないだろう悲しみが「先生」の言葉には溢れている。

「先生」の断末魔の血潮を受けた「私」は、果たして「淋しさ」を終わらせることができたのだろうか。その胸に「新しい命」を宿すことができたのだろうか。

「私」とは、現代を生きるわたしたちのことでもある。

『こころ』が書かれてから百年以上が経った。江戸から明治の転換点に生まれた漱石は、明治から大正の移り変わりのときに『こころ』を書いた。わたしたちは、いまだに漱石が見出した

「淋しさ」に揺さぶられているのではないか。近代以降、たったひとりの個であることの根源的な「淋しさ」は、ずっとつづいていたのではないだろうか。

むろんわたしたちは「自己本位」だけでは生きていられないこと、自我の欲求だけが理想と幸福をもたらしてくれるわけではないことも知っている。わたしたちは賢くはなったのかもしれないし、「淋しさ」を紛らわす術にも長けたのかもしれない。

だが、わたしたちは個であることの自由を希求しながら、ばらばらになる孤独に耐えきれず、個を超越し、「わたし」を包摂してくれる何か大きなものを求め焦がれてやまない。「淋しさ」は収まるどころか、ますます募っていくばかりだ。「自由と独立と己れに充ちた現代」が生む「淋しさ」は、わたしたちの魂に巣食い、苛《さいな》み、時にあの「恐ろしい力」を育み、自己と他者、そして社会をも損ないつづけているのではないか。

昭和になり日本は近代化の矛盾を孕《はら》んだまま戦争に向かい、内外の無数の死者とふたつの原子爆弾、無残な焼け跡を残して国は敗れ、無条件降伏をした。天皇は神から人間になり、次いで占領と貧困のうちに新しく与えられた民主主義と日本国憲法とともに戦後という時代の幕が開けた。「自由と独立と己れ」はおろか、個であることさえ許されなかった戦時中の暗黒の時代を経て、ふたたび個と自由を取り戻した戦後は、まさに明治以来の「新しい時代」の再来だった。

そして二〇一一年三月十一日に起きた東日本大震災は、敗戦以来の大きな経験として、わたしたちに次なる「新しい時代」を招喚しつつある。

それぞれの時代の変わり目に、それぞれ新しい「淋しさ」が立ち上がってきた。わたしたちは「新しい時代」の「淋しさ」をいかに生きようとしてきたのだろうか。わたしたちの生のあり方は時代をいかに形作ってきたのだろうか。

「あなたは本当に真面目なんですか」

「あなたははらの底から真面目ですか」（同前）

「淋しい人」である「先生」からの手紙に刻まれているのは、百年前の「新しい時代の作家」漱石からのわたしたちに宛てた呼びかけである。それは明治から戦後を結び、そして3・11後にある二〇二〇年代のいまをつなげ、わたしたちの目の前に「新しい時代」の生を更新する文学の言葉とは何かという問いを投げかけている。

第二章

遅れてきた者の遍歴——大江健三郎の戦後

一　戦後という「新しい時代」の発見

希望と祈り

敗戦から十年、若い世代の作家や芸術家、文化人が陸続と世に登場した。寺山修司、浅利慶太、武満徹、谷川俊太郎、羽仁進、永六輔など、一九三〇年代に生まれた彼らは二十代の若者だった。そして文学の世界では、開高健（一九三〇年生）、石原慎太郎（一九三二年生）、江藤淳（一九三二年生）、大江健三郎（一九三五年生）が新・戦後派として新しい表現の地平を切り開きつつあった。

一九五六年の『経済白書』の序文に書かれた有名なフレーズ「もはや戦後ではない」に象徴されるように、当時の日本は戦後の復興期を終え朝鮮戦争特需の影響もあって、新たな成長段階に向けての準備期間に入っていた。社会の隅々にはいまだ被害としての戦争の傷が癒えぬままあちらこちらに残り、あるいは加害としての責任がアジアから突き付けられつつあったにもかかわらず、表舞台では前のめりに「新しい時代」へと急速な転回が起こっていた。

国際情勢の影響の下、アメリカの極東戦略のピースとして組み込まれつつあった日本は、六〇年安保闘争という大きな政治の季節に向けてのうねりが高まっていた。敗戦からの復興、経済成長、そしてアメリカとの関係という戦後日本を形作った条件が、交錯しながらその姿を見せはじめた時期だったといえる。

小説家である石原、開高、大江の三人は、二十代で芥川賞をとり、ほぼ同時期にデビューしている。その登場は文字通り、「新しい時代」を背負った華々しいものであった。彼らに共通しているのは、戦争中に少年期を過ごしたこと、つまり武器を取って戦った経験がないことと、青年期の政治活動、具体的には日本全体を揺るがした六〇年安保闘争に参加していること、そして若く新しい世代として一時期ひとまとまりの連帯感を作り出していたことである。

一九五八年、彼らは「若い日本の会」を結成し、六〇年安保条約改正に反対の狼煙《のろし》を上げる。彼らは上の世代、すなわち戦争を当事者として体験し、その傷痕を背負っていた百戦錬磨の戦中派の存在を意識しつつ、「私たちの世代」「われらの時代」と、新しい時代を担うべき自分たちの立場や主張を複数形のWeで語り、世間やジャーナリズムの耳目を集めた。

その後、それぞれの道を進んでいった彼らは、六〇年代の後半、三十代になった時期にそのキャリアにおいて代表的な作品を生み出し、表現者として新たな段階に踏み出していった。寺山修司が劇団「天井桟敷《てんじょうさじき》」を結成し、『書を捨てよ、町へ出よう』を刊行したのが六七年、江藤淳の『成熟と喪失』、大江健三郎の『万延元年のフットボール』も同じく六七年、開高健の『輝ける闇』は六八年、そして石原慎太郎が自民党公認で参議院議員に初当選したのも六八年であった。アメリカではカウンターカルチャーと呼ばれる新しい表現の熱波がアートや音楽などさまざまな分野を覆い尽くし、世界に影響を与えはじめていた。

文芸復興の春ともいえる六〇年代後半は、国内外問わず時代を刻む重要な事件が連続した特殊な時代だった。海の向こうではベトナム戦争が泥沼化し、ヨーロッパでは五月革命、プラハの春などが起こり、国内では日本全体を揺るがした六〇年安保闘争の挫折の後、学生運動が先鋭化する一方、アメリカへの依存によってできたエアーポケットのような平和の下で、社会は豊かさという自己充足に向けてわき目も振らず突き進みつつあった。

この時期の戦後世代作家たちの作品を並べてみてわかることは、戦後の日本の現在地がしだいに重層的に描かれるようになってきたということである。時代の変化、混乱、緊張感が同時多発的に優れた作品を生み出すことがある。ひとり立ちしつつあった彼らはもはやWeと複数形で語ることは少なく、それぞれの主題をそれぞれの表現を賭けて追求し形にしはじめていた。逆にそうであるからこそ、つまりWeを放棄した孤独と緊張感を得たからこそ、彼ら個人はかえってひとつの世代として自らが生きる時代に拮抗するような作品を生み出したのである。

それらの作品から読み取れるのは、六〇年代という時期は戦後日本が背負った命題が多様な形であきらかになり、その矛盾や相克が個人の生のあり方の次元においてもはっきりと刻印されるようになってきたということだ。

彼らが描いてみせた戦後日本の自画像は、いいか悪いか、正しいか誤っているか、幸福か不幸かを示しているのではない。彼らは挫折と分断、虚無と熱狂、旅立ちと帰郷、死者と生者のあいだを逡巡しつつ往還しながら、戦後日本という「新しい時代」を「わたし」が生きるとはどういうことなのか、という実存をかけた問いに対峙した。ひとつの世代に共有されたその問いが、互いに交錯、反撥しながら、戦後日本の実像を形作っていったともいえる。

そのなかで、「新しい時代の作家」として戦後日本を背負ったひとりが大江健三郎である。大江にとって戦後を背負うとはどういうことだったのか。なぜ大江は、「新しい時代の作家」だと言えるのだろうか。

大江は敬愛する作家として井伏鱒二をしばしば挙げ、幾たびもエッセーや評論、講演などで取り上げてきた。その傾倒ぶりは優れた先輩作家への賛美といったものを越えて、自身の表現の核を支える支柱であるかのような存在としてある。大江は『黒い雨』こそは、戦後の日本が世界に誇る作品であると述べている。

原爆が落ちて人が苦しんだ、広島は壊滅したと思われていた。そして戦争の責任の大本の天皇の放送がある。その時ひとりの庶民が裏庭に出て、放送を聞きながら川を見ると、小さな溝に鰻の子供がどんどんさかのぼってくる。それが何を表しているかといえば、生命の力を表しているでしょう。新しい生命というものがこんなにある。生きている、命というものが今後も続いていくということを強く感じる。同時に、多くの死者たちのことを思っている。

（「井伏さんの祈りとリアリズム」）

戦争の惨禍に何を見出すのか。原爆病を発症していく若い女性・矢須子の物語を通じて、原爆と放射能の悲惨と絶望に向かっているこの作品を、大江は再生への祈りの物語として読む。読むことで悲惨と絶望に抗《あらが》う何かを見つけようとする。

語り手の重松が姪の回復を願う最後の祈りに、大江は戦後日本が共有しているはずのひとつの祈りを重ねる。

そこには絶望だけが書かれているのじゃない。非常に苦しいことは確かに書かれている。悲しみも書かれている。苦痛も。しかし、あの小さい溝のなかを鰻の子が激しい勢いでのぼってくるシーンは私たちの心に焼きついている。生命というものがある。失われた生命が再生するといってもいい。われわれの世界は新しい生命が次つぎに現れては、継承されていくものだ。それはあのように大きい悲惨な破壊が行なわれた広島においてすら、その一週間後にすでにそうだった。私たちには生命に対する希望を失う理由がないと井伏鱒二は書いていると思います。(同前)

大江の祈りが向かうのは、超越者としての神などではない。それはいうなれば、戦争がもたらす絶望、苦痛、悲しみ、罪悪に抗うものとしての希望と再生への意志である。大江は、社会は変容し得ること、人はどのような状況においても新しい生を生き得ると信じていた。希望を失う理由がない。少なくともそう信じることで、彼は「新しい時代の作家」としての自分を作ってきたのだといえる。

どれだけ批判にさらされても「戦後民主主義」を掲げ、政治への積極的な発信・活動をしつづけ、障がいのあるわが子との共生といった私生活を軸にしながら、多様な主題を扱いつつ大江がつねに試みていたのは、時代の変容に対して自己の生を更新しつづけていくことであった。それを為しうるのは文学を通してのみなのだ、という強い信念のようなものが、祈りという言葉に表れている。

大江健三郎は、文学は何のためにあるのか、文学を通じて世界とどう関わるかをその行動と作品において問うてきた作家であった。

戦後日本を生きるとはどういうことだったのか。漱石が表した新しい時代の「淋しさ」を大江はどう生きたのか。大江健三郎という作家の作品と生のありようを論じることは、戦後社会の自画像を検証し直すことであると同時に、戦後という「新しい時代」をわたしたちはいかに生きようとしたのかということを問いなおすことでもある。

老作家と街頭デモ

東日本大震災、3・11の後、都内の公園や国会前でのシュプレヒコールのうねりのなか、老作家の姿が頻繁に見られるようになった。八十歳を越えた彼は、壇上に上がりマイクを持ち、少しくぐもった声を張る。彼の作風となった私小説的な文体を思わせる語り口は、周囲の騒々しく叫び立てる硬直した言葉の塊やエモーショナルなアジテーションとは似つかわしくない。その所作は、沖合の岩のような不動の佇まいを思わせ、騒々しさのなかにあっても自分語りをしている人のような思慮深さと静けさの気配を漂わせている。

大江健三郎は、「『さようなら原発』一千万署名 市民の会」の結成メンバーとして、内橋克人、落合恵子、鎌田慧、坂本龍一、澤地久枝、鶴見俊輔らと呼びかけ人となり、「さようなら原発一〇〇〇万人アクション」など大規模な集会を呼びかける活動をつづけ、各地で精力的にスピーチを繰り返し、福島の被災地にも訪れていた。

かつて文化勲章を辞退したこともある世界的な作家に対して、ネットではいつものように国賊、反日、売国奴、左翼、恥知らず、偽善者といった紋切り型のネット右翼のワードがあふれ出していたが、しかし当の老作家はいかなる批判にも、いま流行りの炎上とやらにも微塵《みじん》も揺すぶられることはない。参加《アンガージュマン》という、大江が敬愛していたサルトルの、かつては数多くの作家・知識人の間で熱量のあった有名なフレーズを思い出させる一方で、公園や路上に出没する彼の緩慢で静謐《せいひつ》な所作はひとり語りが常習となった人の、いかなる他人からの批判に対しても堅固な鎧《よろい》を纏《まと》う頑なさと、何かを選び取った人の古い習慣を思わせる。

一九五〇年代後半から六〇年代にかけて、かつて日本が政治に揺れた唯一の季節に、ともに街頭に出て行進した者たちがひとり抜け、ふたり離れていき、彼の作品を論じる者たちがその政治的な行動について盛んに批判を繰り返し、あるいは黙して語らなくなっても、大江はその後も倦《う》むことなく時どきの政治イシューに対して具体的な発言と行動をつづけてきた。

私はヒロシマ、ナガサキから敗戦、占領下という時期の少年でした。周囲みな貧しいなかで、新しい憲法ができると、前文の「決意」という繰返しに、大人たちは本気で決意したんだと誇りに感じました。いまフクシマを老年の目で見つめ、この国の困難な情況を思いつつ、しかし、新しい日本人の決意を、と心に期しています。（「核心　大江健三郎　フクシマを見つめて」毎日新聞二〇一一年九月十九日付）

敗戦直後の校舎で、子どもたちは黒塗りの教科書に代わって与えられた新しい教科書を開いた。大きくなったら兵隊になってお国のために死ぬのだと無邪気に決意していた子どもたちだった。「民主主義」という異国の新しい言葉を冠したその新しい教科書はクラスに一冊しかなかった。それは子どもたちにとって、親や兄世代がはじめた戦争が終結した後の大きな出来事であり、はじめて触れる世界というものに関わる無二の体験だったはずだ。

大江が集会やデモの群衆に向けて語った言葉は、意見表明でもなければ、主義主張でもない。誰かへの呼びかけでもない。それらの言葉は、なぜ自分がここにいるのか、いなければならないのかについての理由を懸命に述べようとしているように聞こえる。それはいうなれば、国家のための死を熱望していた七十年前の少年が、新しい教科書を読んで懸命に書きつけたであろう感想文とどこかで同じ響きを持っているように思える。それはどのようなものであったのだろうか。

ハックルベリー・フィンの決意

敗戦後、大江少年は母親が彼のために密かに入手してくれたという『ハックルベリー・フィンの冒険』の一節に、自分自身を生まれ変わらせる新しい考えを発見する。

主人公ハックが、ともに旅をして友人となった黒人奴隷ジムの持ち主である老婦人に、「この町にあなたの財産のジムがいる、懸賞金を送ればあなたの財産は返ってきます」と手紙を書こうとする場面だ。人の財産を盗めば地獄に行くと教会で教えられていたハックは、しかし、一度書いたその手紙を破り捨て、そんな考えはもう二度と持つまいと自分に言い聞かせる。

手紙を破るときに、よし、僕は地獄へ行こう、とハックがいうんです。（略）地獄に行ってもいいから、ジムを裏切るまい、と考える。私が影響を受けたのはその一行です。（略）戦争が終った直後でしたが、おまえたち、これまでの国家の方針はなくなった、と先生がいった。もう、日本は負けてめちゃくちゃになった、おまえたち一人一人、自分の方針を立てて生きていくほかない、とその先生はいったんです。それで私は考えまして、ハックの言葉を自分の方針にしたんです。なかなか手に入らないノートの最初のページにそれを書きました。花文字で囲って、よし、僕は地獄へ行こうと……そしてそれを原則にして、今まで生きてきたように思います。(「1 さようなら、私の本よ!」)

教会の掟、社会からの要請に従うか、それとも友人を裏切ることなく、ともに困難な道を歩むか……。それによってたとえどんな大変なことに遭遇したとしても、自らが信じるものを選び取る。戦争に敗れた日本が選び取った憲法は、わたしたちの主体性そのものとしてあったはずだ。自分で選び取り、決意したからこそ、わたしたちは「新しい日本人」として生まれ変わることができたはずだ。その先に何か恐ろしいこと、不安なことが待っているかもしれない。しかし、もっとも大切なゆるぎなさは、この決意という言葉に込められている。自分にとっての戦後とは、たとえ地獄の火に灼かれることがあったとしても、この決意を更新し、持続させることだった。そして、3・11以後、わたしたちがなすべきことは、新しい困難のための新しい決意なのではないか。そこに希望というものが生まれるのではないか……。

街頭の老作家は、およそ半世紀もの間、その文学的な達成とはまったく違う位相で、ただひたすら少年の頃の感想文に書いた、友人を裏切るまいという決意と希望とを繰り返してきたかのようにみえる。その響きに込められているのは、悲壮感でも熱情でも陶酔でも、勝ち誇った正義でもなく、まして自己欺瞞という誹りを甘んじて受けることへの覚悟でもなく、それはいわば古い習慣が持つ静けさのようなものだ。

しかし、作家の言葉は、彼自身が自覚しているよりももっと早い速度で、瞬く間にネットやジャーナリズムのなかで劣化し、空疎化していく。文脈を剝ぎ取られ、パッケージ化され、時代錯誤的な感傷、リアリティの欠如、非現実的な理想、稚拙な政治性、あるいは単なる欺瞞や偽善としてあげつらわれ、大量生産の情報のひとつとして消費され、あっという間に忘れ去られていく。にもかかわらず、大江はものともせず、ひときわ大きな声で言葉を虚空に放ち、充足した者、自己完結した者の持つ強固な頑さはいっこうに動じることがない。

ひとりの作家が、自らの生がそこに含まれている「新しい時代」を発見する。作家はその時代を生きる限りにおいて「新しい時代の作家」でありつづける。3・11後、大江が政治的な集会やデモの渦中で響かせた言葉は、彼が約半世紀をかけて歩んできたであろうはるかな対岸から響いてくる。その響きは、大江が辿ってきた旅路の円環の出発点である、敗戦直後の少年時の原初の言葉と重なり合っている。

大きい福島事故の後、日本人が本当に考えなければならないことを回避するという方向に進んできた、その四年間だったと思います。

二〇一五年三月、大江は日本外国特派員協会の記者会見でそう述べた後、敬愛する友人であるエドワード・サイードの晩年に言寄《ことよ》せながら、あたかも遺言のように、「日本は、戦後最大の危機を迎えている」と決然と言い残した。

政治への発言・行動と文学

大江健三郎がデビューしたのは一九五七年、二十二歳のときである。敗戦から十二年目であった。「東京大学新聞」に掲載された「奇妙な仕事」が平野謙によって激賞されたことで、学生作家として注目され、翌年には最初の短編集『死者の奢り』を刊行し、さらに初期の傑作長編『芽むしり仔撃ち』を発表する。「飼育」によって芥川賞も受賞するなど、その活躍は目覚ましいものだった。同時期にデビューした同世代の石原慎太郎、開高健とともに、まさに戦後という「新しい時代」の到来を代表する若手作家として華々しくキャリアを開始することになる。

一九三五年生まれの大江は、十歳で敗戦を迎えた。作家としての出発地点であった戦後という時代は、暴風雨のごとく突然外からやってきた敗戦と戦後の裂け目からはじまった。大江にとって、その時代の裂け目は、自らの生のあり方が問われる場所、すなわち、社会と「わたし」との接合点であり、生きる態度と直結する問題が生成する時空間であった。

大江の戦後をとらえようとするとき、その射程は彼の作品群はもちろんのこと、多くの論者が批判し黙殺してきた彼の社会的政治的な領域での行動をも含んだものでなくてはならない。

大江は、江藤淳や石原慎太郎らとともに参加した、安保条約改定阻止のための〈安保批判の会〉や〈若い日本の会〉からはじまって、広島の原爆や沖縄問題への関与、小田実や加藤周一らとともに活動した〈九条の会〉や、反原発運動の呼びかけ、さらには安倍政権への厳しい批判に至るまで、じつに長年の間、政治的なイシューに対して積極的に発言し、一貫して現実の政治のあり方を批判し、実際に具体的な行動をしてきた。

「根強い自己欺瞞」（江藤淳）、「まるでチグハグ」（吉本隆明）とどれだけ厳しい批判にさられても、後年の大江自身の言葉で言えば、「自分の魂のこと」を、「社会に開いて考えること」（「現代の「悦しき知識」」）としての政治的な発言・活動への意志を失うことはなかった。

何を求めて彼は政治的な発言・行動をつづけてきたのか。

六〇年の安保闘争の渦中にあった文章のなかで、大江は石川啄木の言葉を引いて、「強権に確執をかもす志」という政治への関わりに対する意志的で熱情的な宣言をしている。その後も具体的な活動とともに数多くの闘争的な文章を書いている。

しかし、六十代になった大江は、若い頃からの政治的な社会参加について、「実際的な成果をあげることをめざすことはできなかった」(『私という小説家の作り方』)と述べている。さらに「特定の政治的主張をかかげてデモなり集会なりをする。さきにもいったように私は若い時からしばしばそうした行動に参加したが、自分の精神と肉体まるごとそこに入れ込んで、ということは一度もなかった」と言い、著名な作家として時に活動の「かざり」に扱われることがあったことも自覚しつつ、自分はいつも中途半端であったにちがいないと告白している。

「強権に確執をかもす志」から、「かざり」「中途半端」への変遷は、ときとして自己弁護やご都合主義ととらえられ、批判や揶揄《やゆ》の対象になってきたが、大江が当初から首尾一貫して述べているのは、政治的な発言・行動への動機は、ひとえに自分自身の内部にあるもの、個人的な問題に促されてのことであり、自分の文学と切り結ぶものであるということだった。

つまり、大江にとっての政治的な発言・活動はそれ自体切り離されてあるものではなく、つねに自身の文学作品を成り立たせることのなかに置いていたということである。

書斎と街頭を行き来しつつ、現実の私生活と作品を交錯させつつ、自身の内部に抱えた問題を揺れ動く政治や社会のなかで考えていくこと、時代のアクチュアリティを通して自身を観照し変容させていくこと、その自覚的な往復運動にこそ大江健三郎の文学の連なりがある。

大江における政治と文学の命題は、「自分の魂のこと」を「社会に開いて考えること」という言葉に表れているように、いわば作家自身の生きる態度、倫理観の実践の重なりとしてある。大江文学の出発地点、言葉を生み出す坩堝《るつぼ》として彼が発見した戦後という「新しい時代」。それは何より大江自身の固有の生に内在するものとして表出することになる。

自身の生と戦後――『死者の奢り』

戦争がおわったとき、山村の小学生であったぼくは、じつに決定的な体験をしたのであった。ぼく個人としても、日本人の一人の少年としても、戦争に敗れ、外国人に占領されたという体験は、決定的なことだったというべきであろう。

ぼくらの兄たち、かれら戦争のなかで暗い青春をすごしたものたち、戦火にたおれていったものたちは、やはり日本人としてかけがえのない体験をした若者たちであった。

そして、ぼくらの世代の若者たち、兵士の弟たち、特攻隊員の弟たちもまた、かけがえのない時代を生きてきた。ぼくらは銃のまえに立たされもしないし、自爆のために飛行機にのりこむこともしなかったが、ぼくらは《戦後》を戦ってきたというべきなのである。ぼくらの世代のものたちは《戦後》にのみ、生きたといってもいい。したがって、ぼくらが日本を考え、日本人を考えるとき、それは戦後の日本であり、戦後の日本についてである。（「戦後世代のイメージ」）

文壇にデビューした翌年の一九五九年、二十四歳のときのエッセーで大江は戦争によって生じたある断絶を取り上げている。ここでは戦争を体験した兄世代と、銃の前に立たず、自らの命を懸けることができなかった「遅れてきた」弟世代である自分たちが対峙するものとしてとらえられている。

大江は戦争を知らない戦後育ちである自分たちと、戦争を当事者として体験してきた上の世代との間には越えがたい壁があることを認識していた。戦争という国を挙げての物語が終わり、舞台装置が入れ替わったかと思うと、今度は戦後というまったく新しい物語が始まっていた。引き継ぐべき物語を奪われた役者のごとく、バトンを渡されることのなかった後続走者のごとく、前後がぷっつりと切れた断絶のなかに放置された場所こそが、大江にとっての戦後の始点であった。

その断絶は、戦争と無関係である少年にまつわる無垢なイメージとして初期の作品のなかで繰り返し登場する。敗戦の数日後、谷間の村にジープでやってきた占領軍と村人との話（『不意の啞』）や、戦争中に山に墜落した飛行機の乗組員であった黒人兵士を村人たちが捕獲する話（『飼育』）など、戦争から排除されている子どもらが、それゆえに親や兄世代とはまったく違った感覚で戦争に接し、子どもの持つむき出しの荒々しい無邪気さを武器に親世代と対立しながら生き延びていくという物語の構造は、大江の初期作品の主要なモチーフである。

そのモチーフは、疫病がひろがる無人の谷間の村に遺棄された感化院の子どもたちの共同生活を描いた長編『芽むしり仔撃ち』において結実する。棄てられた子どもたちが作り上げた彼らだけの「自由の王国」は、やがて大人たちに暴力的に鎮圧され瓦解する。出来そこないは小さいときにひねりつぶす、悪い芽は始めにむしりとる。遺棄、監禁、虐待を受ける疎外された子どもたちが、そうであるがゆえに主体と連帯を鮮やかに発見していくこの作品の緻密な構成と甘美で躍動的なイメージの鮮やかさは、大江の初期の傑作のひとつであると同時に、読む者に現代においても通じる社会性を帯びたテーマとしていまなお緊張感を強いてくる。

大人たちの体制によって支配され抑圧されてしまう子どもたちのなかで、弟を喪った主人公の少年だけが、むなしく抵抗し、暗く深い森にひとり逃げ込むところで物語は終わる。しかし、逃れたところで、少年は何者かになれるわけではない。

「ぼくらの世代のものたちは《戦後》にのみ、生きたといってもいい」。上の世代とは違った形で、独自の生を形作ろうとする自負。大江は自分たちの世代のことを〈新・戦後派〉と呼んだが、それは親・兄世代である戦中派への畏怖と気負いでもありながら、自覚的に彼らとの距離を取るための批評的な姿勢であったといえる。

親・兄世代との対立は、彼らだけが知っている戦争への憧憬と、それによって生かされてしまった自分たちの受動的な生に対するうしろめたさと無力感へ転化していく。戦争体験の有無による世代間の断絶を、大江は「遅れてきた」者の当事者性を巡る命題としてとらえようとした。すなわち、自らの生の前提としてある、あらかじめ当事者性が剝奪された乗り越えられない裂け目、そこで自分たちは何をなしえるのかという煩悶。そこから彼は「新しい時代」としての戦後に対する文体を生み出していった。

死者たちは、濃褐色の液に浸って、腕を絡みあい、頭を押しつけあって、ぎっしり浮かび、また半ば沈みかかっている。彼らは淡い褐色の柔軟な皮膚に包まれて、堅固な、馴《な》じみにくい独立感を持ち、おのおの自分の内部に向かって凝縮しながら、しかし執拗に体をすりつけあっている。彼らの体は殆ど認めることができないほどかすかに浮腫を持ち、それが彼らの瞼《まぶた》を硬く閉じた顔を豊かにしている。揮発性の臭気が激しく立ちのぼり、閉ざされた部屋の空気を濃密にする。あらゆる音の響きは、粘つく空気にまといつかれて、重おもしくなり、量感に充ちる。

死者たちは、厚ぼったく重い声で囁きつづけ、それらの数かずの声は交じりあって聞きとりにくい。時どき、ひっそりして、彼らの全てが黙りこみ、それからただちに、ざわめきが回復する。（『死者の奢り』）

大江の実質的なデビュー作となった『死者の奢り』の冒頭の濃密な描写は、戦後日本の出発点を鮮やかに切り取っている。この作品によって大江は、彼にとっての戦後がどのようなものだったのかを表すと同時に、自らの生がそこに内在し、生成される同時代の空間、すなわち彼自身の戦後というものを「発見」した。

大学生である「僕」が、大学の医学部の死体処理室で解剖用の死体を整理するアルバイトに応募する。仕事はアルコール溶液に浸っている三十体ほどの死体に番号を付けて新しい水槽に移すことだ。目の前にある死者への視線は、自分のうかがいしれないところで終わってしまった戦争に対する断絶の感覚がイメージとして定着されたものだ。

「なぜ今度、新しい水槽に移しかえることにしたんだろう」と僕はいった。

「文部省で予算をくれたからだろう」と管理人は冷淡にいった。「移したところで、どうにもなりはしないんだ」

「何が？」

「こいつらのことさ」

「どうにもなりはしないね」と僕もいった。「全くどうにもなりはしない」

「厄介なだけだ」

「ひどくやっかいだな、ほんとに」（同前）

「厄介」で「どうにもならない」完全な《物》としての死者。閉ざされたガラスケースの向こうの精巧な陳列物を鑑賞するかのような死は、死が持つ物語も、生々しいリアリティも一切が漂白され、ただ即物的な《物》としての静謐さがあるばかりである。「僕」がやるべきことは、《物》をただここからあそこへと移していくだけの労働にすぎない。それはソルジェニーツィンが描く、収容所での囚われた者たちに強いられる無益な労働を想起させる。「僕」はそれが徒労で無駄であると知りながら、単純極まりない死体運びと向かい合うしかない。

「僕は死者たちの世界に足を踏みいれていたのだ。そして生きている者たちの中へ帰って来るとあらゆる事が困難になる」。「僕」は死者の側にいないことに安心と喜びを感じる一方で、生きている者たちからも拒まれていると感じ、死と生の感覚の間を浮遊している。

溶液に漬かっている死体の群れのなかに、兵隊だったという男の死体がある。脱走を試みて撃たれた男だった。戦争の頃、少年であった「僕」は、戦争にかかわることすべてに参加できなかったことに心理的な負い目を感じている。しかしそこにあるのは、観念としての戦争にすぎない。

「僕」は死者と生者の間を往復する。その往復が可能となっている場所、過去の死と現在の自分の生の狭間にこそ、大江にとっての戦後が存在する地点であることはいうまでもない。過去の死は目の前でアルコール溶液に漬かり、永遠に静止している。そしてその死体を処理せざるを得ない世代の「僕」は無益な労働で疲労にまみれ、恥辱の感覚に閉ざされている。作品全体を覆うのは、死者の豊饒《ほうじょう》なイメージと匂い立つような存在感と対をなす若い生者の陰鬱《いんうつ》な苛立ちである。「僕」は、医学部の教授に「こんな仕事をやって、君は恥ずかしくないか？　君たちの世代には誇りの感情がないのか？」と蔑《さげす》まれるが、たとえどのように嫌悪されても、「僕」はただ無力を感じるばかりで、どのような言葉も生み出すことできない。

「僕」が発することができるのは、「希望を持っていない」という暗然とした卑屈な言い返しだけだ。かつて希望を持って生きていたのは戦争中の子どもの頃だけだ、いまは希望も絶望も持つことはない……死者たちが醸し出す存在感に抗うように、そう考えるだけで精一杯だ。

この出口も希望もない「監禁されている状態、閉ざされた壁のなかに生きる状態を考えること」こそ、大江の初期の作品のテーマであり、それはそのまま一九五〇年代後半から六〇年代の日本の若者が置かれていた状況を反映していた。

生者と死者の間をつなぐものは何ひとつない。ただ、強いられた無益な労働があるだけだ。戦争と戦後をつなぐものはない。自らの生を決定することは自分たちにはできはしない。ただ閉ざされたなかで与えられた偽りの生を生きているにすぎない。

そこに浮かんでくる心性は、かつての戦争に対して当事者ではいられなかった戦後世代の無力感と屈辱であり、主体なき社会の閉塞感である。大江が見出した戦後は、敗戦による当事者性の断絶と主体の喪失からはじまった。

戦後世代の原罪感──『生け贄男は必要か』

断絶としての戦後が抱える、喪われた主体を巡る問いは、幾度も再生産されながら作品のなかに現れてくる。一九六八年の短編『生け贄男は必要か』は、戦災孤児として復員兵に引き取られ育てられたひとりの男が、かつての異常な体験ゆえにベトナム戦争という「悪」を激しく告発する物語である。

小説家である「僕」のもとへ、ある日「群をぬいた大男」が訪れてくる。男は、「頸《くび》から顔いちめんをハムみたいに紅潮」させた風変わりな肥大漢で、善と名乗る。善は「僕」に向かって、ベトナム戦争の特需に乗って北ベトナムの子どもを殺傷する玩具爆弾を製造している工場主「アジアの大魔王」への告発の協力を依頼してくる。「僕」は社会活動家然としたその男の言うことを疑いながらも、その威圧的な態度や情熱的な饒舌に引き込まれる力を感じてもいる。

善という名に込められたアイロニーやその風貌の醜悪さ、いかがわしさ、そして狂信的ともいえる自己中心的な行動を、大江は意図的にグロテスクに描き出している。善が発するグロテスクさが露わにする威圧的な押しつけがましさと非寛容さは、正義というものが時に醸し出す暴力性と欺瞞性をあきらかにすると同時に、ベトナム反戦を巡る当時の言説や運動体が時とともに陥っていった自家中毒状態への批判と読むことも可能だろう。

「僕」は善に向かって、いったいなぜそこまで悪の告発に熱心なのか？と問い質す。すると、善は唐突に少年時代の食人の経験を告白しはじめる。

戦後すぐの頃、ある若い復員兵が、空襲で両親を失った浮浪児たちを十人ほど引き取り「ムコウノ者ノ家」（無辜《ムコ》なる者の家）と呼ぶバラック式の建物に移住し、集団生活を送るようになった。自給自足に近い生活のなか、冬の到来を前に食糧が底を尽き、彼らに餓死の予感が漂う。そんなある日、空腹の子どもたちはそれと知らされないまま、復員兵の肉を食べさせられてしまうという事件が起こる。

しかし、それは復員兵自身の意志だった。彼は普段から子どもたちに、「この戦争での若い死者たちが何のための生け贄だったかといえば、それは「復興」という新しい季節をまねきよせるための生け贄」だったのだと熱っぽく語っては、生き延びてしまった自分を恥じていた。彼は恥辱と慚愧《ざんき》のなかにあって、見捨てられた子どもたちが生き延びるため、もし生け贄が必要なのであれば自分が喜んでそうなりたいと語っていたのだ。

いよいよ食糧が尽きたとき、復員兵は持ち物をすべて売り払い、葡萄酒《ぶどうしゅ》で酒盛りをする。皆が酔って眠ったその夜に眼をさました少年の善は、最年長の少年に命じられ、レバーのようなものを食べさせられる。それを食べた後、これは何なのかと聞いた善に、最年長の少年は「あいつが自分を殺して食ってくれ、とあんまり頼むからそうしたんだ!」と掌から口のまわりを朱色に染めながら説明したのだった。復員兵は自らが望んだ通り、自分の肉体を生け贄として飢えた子どもたちに供したのだ。

それは、二十年もの間の細胞の新陳代謝にかかわらず、僕を本質的に汚染しているんです。こんなに奇怪に肥満していて、しかも骨のすみずみまで太いのが表面からわかる、そんな鬼のような躰を他に見たことがありますか? しかも僕は自分の生みだす新しい肉体に希望をつなぐことができない、それは僕が人間の肉を食ったために生殖能力がないからです!「悪」を告発しつづけるほかに、生きのびようがないでしょう?(『生け贄男は必要か』)

自分を養ってくれた者の人肉を食うことで生き延び、それゆえ奇形として肥大化しながら、希望のなさに打ちのめされている男の姿は、大江にとっての戦後日本の自画像のひとつであることはいうまでもない。

戦後の復興は、約三百二十万人の日本の死者と日本軍による各国の犠牲者約二千万人の犠牲の上にある。多くの日本の若者が死んでいったのは復興という名の再生のための生け贄としての死だったのではないか。

生け贄を食らい、異形となってしまった善は、累々と重なる国内外の死者たち、生け贄としての無数の若者たちの命によって生き延びることができた戦後日本を表象すると同時に、犠牲の死者たちを忘れ去り、ゼロリセットとしての復興に興じてきた戦後社会の欺瞞を暴き、戦争と戦後の断絶をつなぐ存在でもある。自分の醜い姿を恥じる善の「それは子供の時分に僕が、生け贄男の肉を食ってしまったからです！」という告白は、そのまま戦後日本自身が発するグロテスクな告白でもある。

人間を殺して食った子供には、かれの将来に明確な二つの道しか残されていないということです。そのような、全人類に拒まれている自分を意識したとき（と力をこめ唾《つば》をとばしてかれは強調した）、かれは「善」そのものになるか、「悪」そのものになるかのどちらかを選ぶほかに、生き延びようはないんですよ。この二つと、その中間の深くて真暗の裂け目が見え

るだけで、その他にはなにもないのがかれの新しい現世なんです。（同前）

大江はこの作品で、戦後を生きるわたしたちは好むと好まざるとにかかわらず、多くの犠牲の死によって生をつないでしまったという原罪があるはずだ、その原罪を意識することなしに戦後を生きていくことはできないのではないかという問いを設定している。

原罪を背負わされたわたしたちの前には「真暗の裂け目」がある。わたしたち自身の生をつないでいくには、その裂け目を踏み渡らなければならない。

最後の場面で「僕」は、子どもたちを連れた善が有楽町の新聞社脇の広場で街頭演説をしているところに遭遇する。

子供を救え！ヴィエトナムの子供を救え、朝鮮の子供を救え！　そして日本の子供を救え！　これらすべての子供たちに実りの季節を準備するためになら、私は生け贄にだってなるぞ！　これらの子供らの根源的な餓えをみたすためなら、自分の内臓だって食わせるぞ！（略）教えてくれ、すでに子供らの豊かな明日のためには生け贄男が必要なまでに、「悪」は現世をみたしているのか？　教えてくれ、もうすでに生け贄男は必要なのか？　もう私は、食われなければならないか？」（同前、傍点引用者）

今度は私が生け贄になる番だ。大江はここで、子どもたちを救うために今度は自分が犠牲となって子どもたちに食人を促すという救いのない状況を反復させている。すなわち、食人を強いられたせいで醜悪な躰に変質し生殖能力を失い、正義を装うしかなくなった「被害」が、今度は子どもたちに自らを生け贄として食わせようとしてしまう「加害」となって捩《ね》じれる関係を見出しているのだ。

「子供を救え!」という叫びは、「もう私は、食われなければならないか?」という自傷への答えとしてある。善は自らの被害の恢復のために、その被害の反復を企図しているが、子どもに自分の肉を食わせるという独善的な凶行によって、次は子どもたちが「全人類から拒まれる」ことになるという加害性については無自覚なままだ。傷を負った者、痛みを受けた者が、その傷痕を和らげるために、他者にも同じ傷を与えるという被害と加害の連鎖。

彼らがしてくれたように、私もまた次の世代のために食われなければならないのか。生け贄になることによってしか、私が受けた被害と不幸を終わらせることができないのか。

自分を食わせるという行為によってしか救われ得ない者の滑稽で熱狂的な繰り言によって、大江は生け贄となった若い死者たちの上に現在の生をつないだ「遅れてきた」戦後世代の原罪感から
くる逃れがたい不幸、「真暗の裂け目」を眼前に置く。そこには戦争世代の兄たちが受けた被害が、戦後の弟世代に対する加害となって再生産されるという特殊な循環が立ち上がってくる。

傍観という暴力――『人間の羊』

疎外と無力に閉ざされた状況と原罪感を戦後のありようとしてとらえた大江が、ひとつの主題として描いたのが、傍観者でしかいられない生である。

僕が首筋を摑まえられて正面へ向きなおされた時、バスの中央の通路には、震動に耐えるために足を拡げてふんばり、裸の尻を剝き出して背を屈めた《羊たち》が並んでいた。僕は彼らの列の最後に連なる《羊》だった。外国兵たちは熱狂して歌いどよめいた。

羊撃ち、羊撃ち、パン　パン　パン（『人間の羊』）

『人間の羊』は、大江が二十三歳のときの短編である。

戦後間もない冬のあるとき、アルバイト帰りの「僕」が、バスのなかで酔った外国兵（米兵であることはあきらか）の一団に絡まれる。外国兵たちのからかいはしだいにエスカレートしていき、ついにナイフを出し、「僕」を四つん這いにさせ、脅し、ズボンと下着を脱ぐように強要する。羞恥《しゅうち》と屈辱にまみれながらも「僕」は抵抗することなく、言われるがままバスのなかで裸の尻を突き出してみせる。

「僕」のほか、何人かの乗客も同じ目に合うが、他の日本人乗客は見て見ぬふりをしている。外国兵たちは四つん這いにさせた《羊たち》を見て笑いさざめき、酔って合唱してはその光景に興じる。

外国兵が去った後、事の次第を黙って見ていた教員風の男が「僕」に近づいてきて、感極まった声で外国兵たちの所業を断罪する。そして救いの声を上げなかったことを恥ずかしく思うと言いながら優しく話しかけ、しきりに同情を寄せてくる。

あんなことは人間に対してすることじゃないという教員の怒りに感染した他の乗客たちも興奮に頰を赤く染めて一斉に立ちあがり、被害者である《羊たち》のまわりに群がり、口々にすでにそこにはいない外国兵たちに対して抗議の声をあげはじめる。黙っていてはいけない、あいつらにも思い知らせてやらなくてはならない。

教員の男と乗客たちは、警察に訴え出るべきだと言い立てるが、「僕」はあまりの屈辱のために何もする気が起きない。ただ生々しい被害に再び引き戻されることに抗おうと、黙ってうつむいている。他の《羊たち》も言葉を発することはない。

教員は無言を貫く「僕」に対して次第に苛立ちを隠せなくなってくる。

　黙って耐えていることはいけないと僕は思うんです、（略）無気力にうけいれてしまう態度は棄てるべきです。（略）恥をかかされた者、はずかしめを受けた者は、団結しなければいけません。

　誰か一人が、あの事件のために犠牲になる必要があるんだ。君は黙って忘れたいだろうけど、思いきって犠牲的な役割をはたしてくれ。犠牲の羊になってくれ。（同前）

　怒りに駆り立てられながらも教員の善良な表情に浮かぶ奇妙な威圧感に気圧されて、「僕」は逃げるようにバスを降り家路に急ぐ。教員はなおも付きまとってくる。もはや「僕」は教員に抗議する気力も言葉も失い、ただ疲労のなかで「絶望的に腹を立てて」いるだけだ。追いすがってくる暴力的な正義の攻撃から、逃れることも抗うこともできないでいる。敗北感と哀しみに浸り黙りつづける「僕」に対し、ついに教員は感情を爆発させる。

　俺はお前の名前をつきとめてやる、（中略）お前の名前も、お前の受けた屈辱もみんな明るみに出してやる。そして兵隊にもお前たちにも、死ぬほど恥をかかせてやる。お前の名前を

つきとめるまで、俺は決してお前から離れないぞ。(同前)

狂った欲動に取りつかれたような教員の激しい糾弾《きゅうだん》が、本来であれば加害者である外国兵に向かうべきはずのところ、被害者である「僕」を標的に向けられる。理不尽な被害に対して共感と同情を寄せていたはずの男が豹変《ひょうへん》し、突如として加害の側に転じる。彼はその顚倒《てんとう》に無自覚なままだ。

教員は、同胞である「僕」が受けた痛みを我が事として受け止めたのであろうか、それとも外国に隷属している自分を含めた日本に対する鬱屈《うっくつ》した怒りなのだろうか。あるいは、《羊》のように屈伏したあげく無言のまま屈辱に抗うことをしない無気力な他人への苛立ちと軽蔑《けいべつ》に我慢がならなかったのだろうか。

傍観者である教員たちは傍観者であるがゆえに即座に連帯し仲間意識をむき出しにしながら、外国兵の前で裸にさせられて精神的に処刑されたかのような屈辱を受けた「僕」をふたたび攻撃するというグロテスクな暴力性を露わにする。彼らは共感と同情を盾にすり寄ってくるものの、拒絶に遭うやいなや、被っていた仮面を剝ぎ取り、まるで自分たちの存在を脅かす者を排除するがごとき、執念深い憎しみを噴出させる。

教員が振りかざしているのは正義であるが、大江はその正義の内実を問題にしているのではなく、正義なるものを突きつけられた側の言葉の不在をこそ主題にしている。外国兵に裸の尻を露出させられたことよりも、同類である傍観者たちからの正義を盾にした侮蔑《ぶべつ》と排除によって再生産される痛みの方が救いがない。

彼ら傍観者たちが欲していたのは、罪の糾弾でも被害の当事者の回復でもない。そこにあるのは、主体を奪われた自分たちの屈辱的な非当事者性を思わぬ形で突きつけることになった同胞への倒錯した怒り、けっして見たくはなかった自らの傷ついた自画像を見せつけられ、それによって二重の屈辱を味わわせてくれた卑屈な《羊たち》への憎悪の代償行為なのだ。

彼らが発する暴力は、共感や同情、正義や正論を操りながら、集団の外部よりも内部に対してより残忍な形で向かう。その暴力性が持つ力は容易に伝播《でんぱ》し、他の傍観者たちを瞬く間に連帯させ、排除の対象をけっして見逃すことはなく、あたかも共依存関係のように内側に取り込み、加害と被害の関係を倒錯させつつ近親憎悪的な様相をみせる。

いまや占領下にあったときの日本の状況、隷属状態下の心性がどのようなものだったかを思い起こそうとする者は少ないが、改めていうまでもなく戦後はアメリカによる占領下ではじまった。敗戦国としてアメリカの国際戦略のピースとして組み込まれた日本は、生き延びるための手段として敗戦の総括を宙吊りにしたまま、「無責任の体系」（丸山眞男）あるいは「敗戦の否認」（白井聡）に立てこもり、アメリカというフィルターを通じてしか世界と関わることができず、結果として冷戦という世界の「戦時」のただなかに浮いた作られた平和を享受し、死者と焼け跡を踏み固めるようにして奇跡的な経済復興を遂げることに成功した。

六〇年代の政治の季節が終わると、いよいよ戦争は遠のき、主体回復の道は閉ざされ、自らの生を自らで補い育てるという気概も意志も霧消し、ただ惰性で非当事者性の空洞のなかをさまようことになった。アメリカの庇護と支配の下、生存のための選択の機会を失った戦後の日本は、自らの生に対してでも傍観者でいることしかできないということにすら無自覚であった。主体の喪失と当事者性の不在は、戦後日本が抱えてきた生の条件といっても過言ではない。

喪失は回復されなければならない。不在は何かで埋められなければならない。非当事者性を生きるということは困難なことだ。それゆえにそのことには触れず語らず、生の中心にある空洞を巧妙に隠蔽《いんぺい》し、見て見ぬふりをするほかない。消費、宗教、ナショナリズム、マルクス主義、ポストモダン、保守回帰、新自由主義、ニヒリズム、スピリチュアル、シニシズム……振り返ればこれまで、戦後からつづく当事者性の不在を補い、ガス抜きするメニューには事欠くことはなかった。

非当事者性という特殊な条件で密やかに結びつくことによって、戦後日本は暗黙裡に同質的依存的な社会を作り上げてきた。教員は「僕」を攻撃しながら、加虐による「僕」との関係の維持に異様な執着を見せる。犠牲の羊と依存関係を望みながら、「僕」を憎み、徹底して糾弾しようとする教員と、彼に容易に連帯する多数の傍観者たちは、戦後社会に潜む心理、その不安定な倒錯性を見事に表象している。

当事者性の不在に対する不安と惧《おそ》れ、その屈辱に脅かされないためには、すなわち同質依存社会を維持するためには、当事者性を突きつけてくる者ら、つまり傍観者でしかいられない生を糾弾してくる者らを速やかに排除しなくてはならない。自らの生からさえ切り離された無力で卑小な自画像を見たいという密やかな自虐欲望に駆られながらも、それを見せつけてくる者をよってたかってリンチし、葬り去る。

大江が約半世紀前に描いた、傍観者でしかいられない生に内在する内なる暴力の構造は、しだいに自らを食い破る淫靡《いんび》な暴力として内向し、その後の作品においてさらに力を増し、連続した問題としてつづいていく。

二　六〇年安保と主体回復への葛藤

六〇年安保闘争でのダイヴィング

大江は「遅れてきた」者の原罪感、そして傍観者としての生に甘んじなければならない世代の葛藤を作品化しながら、同時にいかにそこから脱却し戦後の新しい生の位相を見出すかを追い求めていた。その方法のひとつが、政治のアクチュアリティと自身の固有の生のあり方とを切り結んでいくことであった。

学生のみならず一般市民をも巻き込んで全国的なひろがりを見せた六〇年の安保闘争は、戦後の日本が直面した、国家の主体を問う国民運動ともいうべきものであった。

「一九六〇年六月前後は、そのぼくがもっとも深く政治的なウズマキのなかにはいりこんでいた時期だった」（「第二部のためのノート」）と言う通り、大江は「若い日本の会」や「安保批判の会」のメンバーとしてデモや集会に頻繁に参加し、ジャーナリズムのフィールドで闘争的で直情的な文章を数多く発表している。

岸首相よ、みずからを恥じて退いてもらいたい。
さもなくばこの若者たちは、原水爆戦争によって亡霊となり、再びこの広場をうずめるか、戦闘的民主主義者となって怒りくるいながら再びこの広場をみたすか、そのいずれかをえらばざるをえなくなるだろう。（「民主主義は踏みにじられた」）

そのころの大江は政権の横暴と日本の将来への危惧《きぐ》について、憂いと怒りに満ちた主張を声高に繰り返している。その言葉と文体は真剣味と悲壮さを装いながらも、若い高揚感にみちあふれている。それは五〇～六〇年代の日本全体を覆っていたムードをよく表している。それは国家のあり方、その大きな選択にいままさに直接異議申し立てを行っているのだという有用感と連帯感とでもいうべきものだろう。打ち倒すべき敵は明確で、弾劾《だんがい》すべきものもそこにあり、踏みにじられた戦後民主主義の盾になるべく戦いの主体はわれわれの側にあることの戦闘的な高ぶりである。そこに垣間見えるのは、敗戦によって奪われた主体をいまこそ取り戻す機会を得たという戦後十五年の日本に訪れた束の間の解放感ともいえるものだろう。

ひとりの女子大生（樺美智子）の死を頂点に燃え盛った安保闘争は、一九六〇年六月十九日、新安保条約が自然成立し、岸信介首相が退陣を表明すると急速に退潮しはじめ、多くの国民は失望を押し隠しつつ、何事もなかったかのようにそれぞれの日常生活に戻っていった。戦後日本に起こった唯一の「政治の季節」はあっけなく終焉を迎えた。

しかし、安保闘争の経験は、大江にとってその後の生を方向づける経験として生きつづけることになる。「若い日本の会」のメンバーらは安保闘争を境にそれぞれ袂《たもと》を分かち、別々の道に進んでいったが、大江はその後も一貫して護憲と戦後民主主義を掲げ、それゆえに反政権の色濃い政治的な発言をつづけていく。

その集会で、ぼくをもっとも感動させたのはニュース映画のひとこまで、それは首相官邸のまえのデモの群集がひしひしとせまってゆく情景で、その一瞬、ひとりの学生が門柱の高みから、黒い沼のような、密集した警官たちの上へダイヴィングしたのである。ぼくはパセティックな感動にとらえられた。勇敢で、絶望的で、むなしい、危険と恐怖にみちたダイヴィング。ぼくはいいようのない悲痛な思いにとらえられた。（「強権に確執をかもす志」）

これは安保闘争に関する数多い文章のなかで、大江自身の存在の手触りが感じられる、ほとんど唯一といっていい一文であろう。

「パセティックな感動」というナルシスティックな感情表現のうちに、大江は警官隊にダイヴィングを決行したひとりの学生に自らを投影している。敗色の濃い活動の渦中で絶望的な激情に駆られたすえ、ついには自己放棄の衝動に身を委ね、危険を顧みず自らの身体を賭す、悲劇的でそれゆえに英雄的な行為に感動を覚える。

その危険な跳躍に向かって若者を突き動かしたもの、いっけん自己犠牲的に見える行為によって表出されようとしたのは反・安保という政治的な主張や特定の思想で説明のつくものではない。それは個の生から発した、よりプリミティブな情動ともいえるものだ。その若者は、怒りと悲しみに突き動かされ、閉ざされた生の殻を打ち破ろうといずこかへ向かって跳んだ。「なぜ」でも

「何のために」でもなく「どこへ」でもない。跳躍そのものが大江にとっては本質であった。

大江の安保闘争への参加は、具体的な政治的異議申し立てとは違った次元で、戦後の閉ざされた生からの脱出のための個人的な代償行為ともいえるものであった。いうなればそれは「遅れてきた」者の汚名返上への衝動、新しい生への跳躍の準備であった。政治情況への具体的な関わりと、自分自身の生に内在する問題の重なりにおいて文学を形作っていくという大江の作家としての習慣は、安保闘争によって定着したといえる。

六〇年の安保闘争とその挫折によって、敗戦による当事者性の断絶と主体の喪失という戦後日本が抱えてきた命題があらためてあきらかになった。「若い日本の会」のメンバーであった江藤淳は、馴染んだ家に帰省するかのように颯爽《さっそう》と保守に回帰し、「芸術を代償としてでも現実の具体的な改修に参与していかなければならぬ」(「動体的認識から出発」)と述べた石原慎太郎は、その言葉の通り、しだいに政治の世界への志向を見せ始めていったが、大江にとっての安保闘争は、「遅れてきた」者が見た一時のむなしい夢というのではなかった。大江はその後、より深い次元で戦後日本と自らの生との交錯点を引き受けていく。

この時期に前後して大江が書く作品には、ふたつの相反する主題が明確に表れるようになる。ひとつはこれまで見てきたように、主体を喪失した戦後青年の傍観者でしかいられない閉塞した生の鬱屈、そしてもうひとつは、自己破滅的な衝動を内に秘め、「勇敢で、絶望的で、むなしい、危険と恐怖にみちたダイヴィング」に取り憑かれる者の悲劇である。

大江の親友であり義兄でもある伊丹十三をモデルに青年の青春劇を描いた長編『日常生活の冒険』(一九六四)は、この絶望的な「ダイヴィング」を巡る作品である。

モラリストを自称する年少の友人、斎木犀吉は、悪辣《あくらつ》で自己中心的であり、それでいて生真面目さを併せ持つ魅力的なアンチヒーローとして描かれている。犀吉と「ぼく」が出会ったのは、エジプトのナセル大統領が戦争をしていた年の冬、スエズ戦争への義勇兵募集の集会だった。

「出発をもくろみ、結局は出発しなかったぼくらは、特攻隊の世代の兄たちからつねにあてこすられ、結局、きわめて自虐的な態度を、その生活習慣として育ってきていた」(『日常生活の冒険』)。断絶と後ろめたさのうちに戦後という時代を生きるほかない「ぼく」は、その欠落を埋めるために何をすればいいのか、どこに行けばいいのかすらもわからない卑小な存在である。一方の犀吉は、ボクシング、俳優、演劇、ジゴロなど、色褪せた日常生活で覆われている現実世界のなかで考えられうるあらゆる冒険を試してきた知的でかつ無頼な青年である。犀吉は、「ぼく」

の惨めさ、弱さを見抜き、当てこすり、その弱さに反発する欲動をそそのかそうとする。

きみは一切ジャンプもしなければ、別の次元での自分のことを空想してみもしないんだ。（略）きみはじつは自分の存在に逆らって生きているのさ、それをおれは自己欺瞞といっている（同前）

「ぼく」は犀吉に誘われるまま、彼の冒険の同伴者となる。二人はシトロエン、アームストロング、ベンツ、ジャガーなど高級外車に乗り込んでは、思いつく限り自分たちが冒険と呼ぶにふさわしい、危険で反社会的な感覚をもたらす行為に没頭する。

彼ら若者が繰り広げるのは非生産的で愚にもつかない悪行であったり、倒錯的な性的試みであったりするのだが、しかし、どれだけそんなことを繰り返したとしても、いずれも金と時間を浪費するだけの馬鹿馬鹿しい遊びでしかない。何をしても彼らの渇きが満たされることはない。

退屈と焦躁《しょうそう》は消えず、生の充溢《じゅういつ》も得られない。いま行われているはずの海の向こうの戦争に従軍すれば得られたはずの自分らの〈時〉、輝かしい生を取り戻すことができる本物の冒険はこの国のどこを探してもない。英雄的であろうとすればするほど、反英雄的であらざるをえない。命を賭けてダイヴすべき場所はどこにも見当たらない。

そのことに気づいた「ぼく」は犀吉と別れ、ふたたび色褪せた日常に戻っていくが、冒険に取りつかれたままの犀吉は、日本を飛び出し、イタリア国籍の金満家の女との世界一周旅行に出かけ、北アフリカの地方都市のホテルで縊死《いし》してしまうことで自らの生にけじめをつける。

やみくもに冒険の真似事だけを繰り返し、何を残すこともなく無意味に死んだ犀吉は結局のところエゴイストで、快楽に溺れ、その卑劣さゆえに他人を不幸にしたあげく、惨めに挫折したに過ぎない。しかし、その無意味さと惨めさゆえに「ぼく」は「火星の一共和国かと思えるほど遠い、見しらぬ場所で、確たる理由もない不意の自殺をした」友人の死を心から悼む。

ともかくいまのぼくにいえることは、斎木犀吉がまさにぼくらの時代の人間だったということである。そしてぼくらの時代の人間としてのかれの役割は、饒舌にしゃべりまくり猛烈に性交し、あらゆる冒険的なことを試み、結局なにひとつなしとげることなく唐突に死んでしまうことだったのだ（同前）

どこにも出発できないわれわれにできることは、閉ざされた生のなかで冒険ともいえないようなつまらない快楽を弄《もてあそ》び、何を生み出すこともない小さな悪事を働くことしかない。倦怠と放蕩の魔にとりつかれ、ここことは何の関係もないはるか遠くの異国での犀吉の死はあまりにも滑稽であり無意味でしかない。そしてその死のありよう、絶望的でむなしいダイヴィングが愚かで茶番であるからこそ、彼は戦後を生きるすべての「遅れてきた」青年にとって、ひとつの切実なモデルたりえるのではないか。

犀吉という戦後日本の青年にとってのアンチヒーローが発しているのは、それ以外にわれわれの世代にはどのような生き方がありうるのか、無為な自己破壊という名のダイヴィング以外に、いまここから脱出する方法はあり得るのか、という挑戦的な問いにほかならない。

安保闘争での体験、政治のアクチュアリティと自身の生との接合によって大江のなかで顕在化した主題は、大江自身の生のありようを自ら揺さぶるようにして、戦後の重層的な生の位相をとらえる方向に深化していくことになる。

テロリストの自画像――『セヴンティーン』『政治少年死す』

障がいを持つ息子との共生を描いた「怒りの大気に冷たい嬰児が立ち上がって」のなかで、安保闘争の最中に警官隊に向かってダイヴィングをした学生を連想させるブレイクの詩《僕の母は呻いた！　父親は泣いた。／危険にみちた世界へと僕は跳んだ、／ひとりぼっちで、素裸で、声高く叫びながら、／雲間にひそむ鬼のように。》を引用しながら、大江は幼少の頃の、死にまつわるあるエピソードを挿入している。

国民学校四年生だった大江少年はある日、川で魚取りをしていた子どもが水死したという話を聞きつけ、その少年を真似てひとりでその川に行くという行動に出る。川底にもぐり、岩のはざまに見える魚の群れを狙おうとしたとき、まさに水死した少年と同じように岩盤に顎《あご》と頭頂を食いこませて溺れてしまうということが起こる。気絶しかかったそのとき、おそらくは母親であろう、大人の手によって力ずくで両足を引き出され、そのまま病院に運ばれる。その日、普段とは違って奇妙に高ぶっている彼を怪しんだ母親がずっと後をつけてきたらしいことが後から知れる。

死が喚起するものに魅了された子どもが、危険を承知でそれを追体験しようとする。それが個人の資質によるものなのか、一般に子どもが世界を理解しようとする過程で生じうる通過儀礼のようなものであるのかはわからないが、大江は〈危険にみちた世界へと僕は跳んだ〉という詩句を用いて、死を巡るその体験を自分の故郷と結びつけ、個の生命が何か大きいものに包まれていくという死生観に甘美な自己解放のイメージを与えようとしている。

六〇年代の大江の主題である破滅的な衝動を内に秘めた「勇敢で、絶望的で、むなしい、危険と恐怖にみちたダイヴィング」への誘惑は、『日常生活の冒険』では、いかに惨めで卑小な存在であったとしても「冒険の可能性なき世界を冒険的に生きなければならない」戦後青年のモラルとしてとらえられていたが、安保闘争の時期に重ねて描かれたふたつの連作小説（『セヴンティーン』『政治少年死す』）では、社会を揺るがした実在のテロリストの青年像を引き寄せている。

一九六〇年の日本社会党・党首の浅沼稲次郎暗殺事件の犯人、十七歳の右翼活動家・山口二矢《おとや》をモデルにした『政治少年死す――セヴンティーン第二部』は、発表されるや右翼からの激しい糾弾に合い、作品を掲載した「文学界」を発行する文藝春秋社は誌面での謝罪文掲載に追い込まれた。一九六一年、大江二十六歳のときである。その後、大江のもとには執拗な脅迫がつづくようになり、以来『政治少年死す』は文庫や全集に収められることはなく、事実上〝お蔵入り〟となった。深沢七郎の『風流無譚』事件と並ぶ戦後の筆禍《ひっか》事件である。

しかし、長く日の目を見なかったこの作品は、二〇一八年七月に刊行された『大江健三郎全小説3』（講談社）に掲載され、じつに五十八年ぶりに世に出ることになった。

『政治少年死す』とその第一部である『セヴンティーン』は、肥大化した自意識と劣等感を持て余した十七歳の「おれ」が、急進的なテロリストに変貌し、やがて自死するまでを描いた作品である。

「おれ」は進学校で落ちこぼれ、家族のなかでも孤立し、「世界じゅうのあらゆる他人から意地悪な眼でじろじろ見つめられている」と感じ、「他人どもの眼をケシテしまいたくなるのだ、さもなくば自分をケシテしまいたくなるのだ」という思春期の自我の暴風のなかで苦しんでいる。周囲からの承認を渇望しながら、一方で周囲への敵意を育てている、どこにでもいるであろう十七歳の少年である。

ある日、同級生からアルバイトで「《右》のサクラをやらないか、よう?·」と誘われ、皇道派の逆木原《さかきばら》国彦の街頭演説に参加する。逆木原は戦争中奉天の特務機関にいて政治家にも影響力のある右翼の大物である。「おれ」は逆木原の演説を聞いて衝撃を受ける。ソ連、中共、売国奴、あいつらを殺しつくすのが正義だと、公衆の面前で敵意と憎悪に満ちた激烈な言葉を浴びせかけている姿に心身を奪われる。「おれ」は逆木原の言葉を自分の叫びのように感じたとたん、「他人どもに見つめられながらどぎまぎもせず赤面もしない新しい自分を発見」する。

「おれ」は逆木原の説く「天皇陛下の大御心《おおみこころ》」「真の日本人の魂」という言葉に揺さぶられ、しだいに筋金入りの皇国少年になっていく。「おれ」はそれまでの自瀆《じとく》にふけるだけの内向的な性格とはまったく別の人格を手に入れる。皇国の制服を着た自分に誰もかれもが一目を置くようになり、もはや無視されることも、嘲笑《ちょうしょう》されることもない強い存在になっていくことに恍惚《こうこつ》とした満足感を感じるようになる。

おれは天皇陛下について深く知りつくしたい熱情にかられた、今までおれは兄より上の世代のように戦争のあいだ天皇のために死のうと決意していた者らのみが天皇と関係があるのだと考えていた。おれは戦中世代の者たちが天皇について語るのを聞くと嫉妬と反感をいだいてきた。しかしそれはまちがっていたのだ、なぜならおれは《右》の子であり、天皇陛下の御子だからだ。(『セヴンティーン』)

「おれ」は、天皇陛下とつながることで死の恐怖さえも克服できると考えるようになる。現実の日常生活で自分がとらわれていた生の欠落と死への惧れ、無力感は、ただ自分だけを中心にした私心に悩まされていたからだ。自己を棄て、私心を棄て、戦中世代のように天皇陛下に自分のすべてを委ねれば、欺瞞からも欠落からも恐怖からも解放される。

国会のデモに乱入し、アカの学生や労働者たちに向かって釘をうちつけた木刀を振り下ろしながら、不安からも惧れからも自由になった「おれ」は、「十万の《左》どもに立ちむかう二十人の皇道派青年グループの最も勇敢で最も兇暴な、最も右よりのセヴンティーン」に生まれ変わる。

『セヴンティーン』が発表された一か月後、大江はその続編である『政治少年死す——セヴンティーン第二部』を発表する。この作品は、卑小な生に閉じ込められていた少年が、急進的な右翼青年の「おれ」に生まれ変わった心理をより深く描き出そうとしたものだ。

「おれ」は左翼のデモや広島の原水爆反対集会に乗り込んでは、平和、ヒューマニズムなどを掲げる偽善に対して、ひたすらそれらを破壊しようと暴力に明け暮れる日々を送りながら、自らの存在を包み込み、あらゆる不安を吸収し、解放を与えてくれる存在である天皇陛下との内的な対話に耽溺《たんでき》するようになる。

少年の自己省察はしだいに深度を増していき、それと同時に超越的な存在への帰依の衝動はいっそう過激になり、「おれ」の内面を満たし支配していく。犯行後の取調べで「おれ」は係員に次のように発言する。

広島から帰ってくる汽車の窓から日没の瞬間の海の神々しい輝きを見て、ぼくは、ああ天皇陛下と叫びながら啓示をえました（『政治少年死す』）

天皇陛下の栄光のため、その存在と合一し、至福の死を迎えることが自分のなすべきことだ。もはや左右のイデオロギーや日本の政治状況などは問題ではない。破壊する相手は誰でもいい。天皇と私との関係だけがあるのだ。自分はそれを証《あか》し立てなければならない。

過激な原理主義が行き着く果ては、自己破壊か他者破壊しかない。両者は表裏である。ついに「おれ」は政治家の暗殺を決行する。

おれ個人の恐怖にみちた魂を棄てて純粋天皇の偉大な熔鉱炉のなかに跳びこむことだ、そのあとに不安なき選ばれたる者の恍惚がおとずれる、恒常のオルガスムがおとずれる、恍惚はいつまでもさめず、オルガスムはそれが常態であるかのようにつづく、それは一瞬であり永遠だ、死はそのなかに吸いこまれる、それはゼロ変化にすぎなくなる。おれは委員長を刺殺した瞬間に、この至福の四次元に跳びこんだのだ！（同前）

稀代のテロリストとなった少年は、「天皇が私の共犯」であり、自分は「天皇にだけつながってい」るのだと主張し、刑務所のなかで自害する。隣の独房にいた若者が、少年が果てるとき、かすかに自瀆のオルガスムの呻きを聞き、絞死体を下した警官が精液の匂いを嗅いだ、という大江独自の性的なイメージに収斂《しゅうれん》させた場面で小説は終わる。

自らも右翼団体で活動していたことがある雨宮処凛《かりん》は、社会との接続感が得られず、生の不安に苛まれているフリーターの若者たちが、生きづらさを相対化してくれる「癒し」を求めて、あるいは「意味のある生」を与えてくれることを期待して、「愛国」にいとも簡単に搦《から》めとられていく現象を指摘している。

生きることの価値がわからない、希望がない、痛みも悲しみも、喜びも怒りも我が事として感じ取ることができない、匿名の闇のなかで孤立する、あるかなきかの自己、生存のなかの卑小な生……。安保闘争後、経済成長と消費によって熟していく戦後社会のなかで大江が見通していたもの、若い世代の生を模索する煩悶が、自他への破壊の衝動を引き寄せながら、個を溶解させ、生と死を包摂してくれる甘美で超越的なものに取り込まれていく様相は、発表から約六十年を経てもなおいっこうに古びないどころか、格差、テロ、ヘイト、排他的ナショナリズムといった、日本のみならず、世界的にひろがる若い世代の現代のリアリティを先鋭的に反映している。

反・戦後的なものへの憧憬

自閉する生からの自己破壊的なダイヴィングという行為の先にひろがる領域は、個と個を超えたもの、生と死のさかいを失わせる甘美な、前近代的なものの水脈とつながっている。しかし大江は、自己を包摂してくれる超越性への傾倒と、それらに接続する反倫理的な暴力を裁断しようとしたのではない。

大江は、『セヴンティーン』の「おれ」を、あり得たかもしれない自分自身のもうひとつの生の物語として描こうとしている。国会前の警官隊に無謀なダイヴィングを決行した学生のように、子どもが水死した川に自らも潜りにいったように、あるいはブレイクの詩句の啓示のように、自らの内にある混沌とした熱情にしたがって、皇国少年の「おれ」に大江は自身を投影しようとしている。

これらの作品の緊張感とあやうさを支えているのは、相対する対象を批判的にとらえるのではなく、その対象の内部を生きることを実践しようとする大江の作家としての資質にほかならない。大江自身も、そのことを明確に自覚している。「大江っていう小説家は、じつは国家主義的なものに情念的に引きつけられている人間じゃないだろうか」という三島由紀夫からもらった感想を引き合いに出しつつ、「一方では安保闘争の運動に心から入っていきながら、その反対側の、国家主義的な、ファッショ的な、天皇崇拝の右翼青年にも共感を感じているような、そういう人間として小説を書いていたことが、自分にもいまははっきり分かります」と、後年自身の性向について述べている（『作家自身を語る』）。

大江健三郎と三島由紀夫は両者ともに戦後文学を代表する作家でありながら、お互い相容れることのない両極端に位置している。「文學界」に『政治少年死す』が発表された一九六一年一月、二・二六事件の青年将校をモデルにした三島由紀夫の『憂国』が「小説中央公論」に掲載された。偶然とはいえ、象徴的な出来事である。

大江の三島に対する態度はときに感情的な振幅が大きく、三島という存在が自身の何か本質的なものに触れるとでもいうように、アンビバレンツなものを感じさせる。三島の割腹事件に接した際、大江は冷淡さを装いながら、「事件の異様な輝やきそのものが日本人のものの考え方に情緒的な後遺症状をおこすであろうことについてのみ、陰鬱な憤りをいだいた」(「敗戦経験と状況七二」)と述べ、三島の死が発するものを嫌悪感を持って否定している。

それから十二年後の一九八三年に発表した小説(『蚤の幽霊』)では、障がいを持つ息子イーヨーが、新聞写真に掲載された三島の「床に直立していた血まみれの首」を思いもかけず記憶に留めている場面を描いている。

息子が、「床から三十センチ」の高さに掌を差し伸べ、「「生首」の実在感をしっかり確かめているようにさえ見える」のを、「僕」は「かれらの魂に影をおとしている「生首」が、簡単には概念化できない力となって、本当にかれらを動かすかもしれない」と暗い気持ちを味わう。三島のしたことは「戦後もっともよく練りあげられた政治の見世物」でしかない。しかし、天皇と国家への淫靡《いんび》な心性によって戦後社会を書き換えようとした三島の死を賭した企《たくら》みと、その暴力的な喚起力は、子どもたちに、何か得たいの知れない、反・戦後的なるものの「圧倒的なあらわれ」を示すかもしれないという危惧に襲われる。

「同時代としての戦後を生き延びるわれわれを侮辱して死んだ」(「死者たち・最終のヴィジョンとわれら生き延びつづける者」)と三島を厳しい調子で断罪した大江にとって、三島由紀夫その人と、彼の命を賭けた最後の「ダイヴィング」が遺したものを考えることは、自身の戦後をとらえなおすことと同義であったはずだ。

天皇制を中心に据えた日本の近代化への疾走が敗戦によってひとつの結末を迎え、神たる天皇に代わって憲法ができた。膨大な死者を出した敗戦、原爆の悲惨を経て、国体は民主主義にバトンタッチされた。天皇も国家ももはや個人の生と死の意味を証し立ててくれる輝かしい存在などではありえない。目の前にいるのは神の座を失った実在の人間に過ぎず、われわれがなすべきことは、憲法と民主主義によって敗戦と占領をもたらしたものを乗り越え、新しい日本人としての生の主体を立ち上げることであるべきだ。

そう考えていた大江にとって、三島は自身を否定する存在としてあった。三島もまた大江と同じように先の戦争への負い目を感じるところから出発した戦後的な作家であったが、三島が体現し目指していたものは、媚薬のように浪漫主義を自在に操りながら、復古という名を借りた贋金《にせがね》の天皇国家主義に行き着くものであり、それは戦後という新しい生のための道筋そのものを真っ向から否定するものであった。大江は三島を認めるわけにはいかなかった。

だが、それにもかかわらず、大江は自分の信ずるものと正反対のものに魅入られていく自分を認めていた。『遅れてきた青年』や『セヴンティーン』で繰り返し皇国少年に自己投影してみせたのは、皮肉にも三島が喝破したように、大江自身が卑小で孤独な個を包摂してくれる大きなもの、超越的な一者、すなわち彼にとっての反・戦後的な情念に引きつけられていく生来の性向があったからだ。しかも大江は、作品においてはけっして自身の矛盾を抑圧することなく、むしろ危険を承知でそれに憑依《ひょうい》していこうとした。

作家としてそれはあやうい試みとなりうる。個の主体を巡る葛藤と超越的な一者への傾斜は、その原理性と純粋性を志向すればするほど、問いと答え、磁石のプラスとマイナスのように両者は強い力で引き合う。その狭間でいかなる場所に着地するのか。どのような生のあり方を見出すのか。答えのないところに向かって進んでいくことの困難と混沌がそこにはある。

この時期の大江作品は、相反するふたつの主題、主体を喪失した戦後青年の傍観者でしかいられない閉ざされた生と、超越的なものへの自己破壊的なダイヴィングによって生の主体を獲得しようとする衝動、傍観する者と飛び越える者の間、その正反対でありつつ、強く引き合うふたつのベクトルの振幅のなかで緊張を強いられながらあやういバランスを取っていたといえる。

性と暴力――『叫び声』

大江がとらえた戦後の重層的な生の位相についてもう少し見ておきたい。

『遅れてきた青年』『セヴンティーン』『政治少年死す』の後、一九六三年に発表された『叫び声』は、この時期の大江作品のなかではさほど注目はされていないものの、戦後日本を生きる青年の同時代的な精神性を表そうとした野心作である。

朝鮮戦争に従軍経験のあるアメリカ人、ダリウス・セルベゾフとともに三人の日本の青年が、ヨットで遠洋航海に行く計画を立て共同生活を始める。語り手の「僕」は、「二十年の生涯に、なにひとつ特別の出来事がおこらなかったということがいわば僕の個性だった」という戦後の若者像のひとつの典型として作品の中心に置かれている。「僕」は平穏な日常生活のなかで生の無意味さと死の不安に脅かされながら、どこでもいい、ここではないどこかへ出発したいと切望している。

「アメリカ・ネグロ」の父親と日系移民だった母親との混血の「虎」は、横須賀の保護施設を出て米軍キャンプで働いた後、有閑婦人のジゴロをしている十七歳だ。彼もまた行き場のない灼熱のような情念を抱え、アルコールに頼って希望のない生をつないでいる。もう一人の「鷹男」は父親が朝鮮人で、十六歳のときに、盗んだ伝馬舟で朝鮮半島にむけて密航しようとし、あやうく命を落としかけた経験を持っている。

ダリウスの庇護の下、三人は自分たちを苛《さいな》む不幸な現実からの脱出、来《きた》るべき輝かしいはずの出発に向けて友情を結び、ひととき《黄金の青春の時》を生きるが、ダリウスが逮捕され日本を離れてしまったことで、出発にかけたそれぞれの再生への希望が絶たれ、停滞と敗北を運命づけられることになる。三人の友情は壊れ、彼らの人生は一気に暗転する。

「虎」は煩悶の果てに玩具の自動小銃を掲げてアメリカの憲兵に向かって突進して銃撃され、無意味で惨めな生を終える。そして「鷹男」は、行きずりの女子学生を絞殺し、殺人犯として逮捕される。

大江はここで一九五八年に実際に起こった、十八歳の在日朝鮮人の少年が十六歳の女子学生を殺害した〈小松川事件〉をモデルに「鷹男」の行動と心情を描きだそうとしている。『セヴンティーン』の皇国少年と同様に、大江は暴力によって他者を殺《あや》めてしまった在日朝鮮人の少年に自らを投影させ、あたかも代弁者のごとく一人称の告白体を用いてその内面を再生しようと試みている。

おれはその娘を扼殺することで、この他人どもの世界とおれ自身との関係のかたちをきめようとしたんだ、それはおれのプランにしたがって、おれの手で。(略)おれはこの現実世界から拒まれている。おれはこの世界の正規の人間じゃない。そこでおれは逆に自分でこの世界の人間みなを拒否することで、おれがおれ自身の国からきた怪物だということを間接的に立証したんだ。(『叫び声』)

この告白は、二〇〇〇年代に頻発した若者による無差別通り魔殺人、誰でもよかったというつぶやきを残して匿名の雑踏を無関係な人間の血によって戦場に変えた、生きづらさのなかにある二十代の青年たちのシルエットを想起させる。

天皇に魅入られる皇国少年も、むなしく死に向かって跳んだ混血の少年も、世界から拒絶され、他者への暴力によってしか存在を証し立てられなかった在日朝鮮人の少年も、「他人どもの世界とおれ自身との関係のかたちをきめよう」という内なる暴力にとらえられた若者という点において同じ位相にある。

国家であろうが、偶像であろうが、神や民族、血であろうが、その対象が何であれ、卑小で閉じられた自らの生を超越的な何かによって踏み越えようとする衝動が、結果として自他を破壊する暴力に容易に接続していく様《さま》を大江は描き出し、過去からも未来からも切り離された平和の時代としての戦後社会の底流に、あたかも泥濘《ぬかるみ》のごとく充満している、生の当事者性を持ちえない若者の絶望的で危険なダイヴィングへの情念を形象化しようとしている。

一九六〇年に開催された江藤淳司会のシンポジウムにおいて、大江は「われわれは停滞している」と述べ、「いかなる若い日本人も、日本および日本人の未来にたいして明確なヴィジョンを持っていない」とつづけた後、若い世代の停滞のなかに、「一種のムードとしてあらわれているファシズムの芽」があると指摘している（「現実の停滞と文学」）。

大江は閉塞や停滞だけを見ていたのではない。むしろ、閉塞や停滞を打破したいという行き場のない衝動が、未来へのヴィジョンを見出せないまま、自他の境界を食い破る危険な暴力に容易に誘引されてしまい、主体獲得の名を借りた歪《いびつ》な擬制として表面化し、社会のさまざまな位相においてファシズムの流れに通底していくことに自覚的であった。

この自他の境界を食い破り溶解させる暴力を構造的にとらえる方法として、大江は性的なイメージを駆使している。『セヴンティーン』における自瀆、『叫び声』の強姦殺人、『性的人間』の痴漢と乱交、それ以外にも同性愛、露出狂など倒錯的なものを含めて、主体と暴力の回路にかかわる問題を浮き彫りにするべく、作品のなかで性の持つ関係性を多用している。

日本独自の風土や精神性を前提に、性の持つエロティシズムを反近代としての人間の持つ情念や生死の相克の劇としてとらえた谷崎潤一郎や川端康成とはちがい、大江は性というものを政治、社会、個人の三者の関係性を規定しうる観念的なものとして意図的に導入している。それゆえ大江の描く性は、現在からすれば当時の偏見を表したものも多分に含まれているが、反エロティシズムに徹し、極めてあからさまであり、時に反社会的であり、危険な装置となっている。

政治的人間は、他者を対立者として存在させはじめることにより機能を開始する。その機能の終極の目的もまた他者を対立物として存在させ、あるいは対立者として滅びさせることにある。政治的人間を囲むこの宇宙は、他者でみたされ異物だらけだ。

逆に性的人間にとってこの宇宙に異物は存在せず、他者も存在しない。性的人間は対立せず、同化する」(「われらの性の世界」)

政治的人間とはつねに他者を必要とし、その他者性と対峙するがゆえに政治的であり得る。他方、性的人間には他者の存在もなければ自らも他者ではあり得ず、ゆえに対立も抗争も生じることはない。これは戦後のアメリカと日本の関係性のアレゴリーであることはいうまでもない。つまり、敗戦によって遭遇した政治的人間たるアメリカという圧倒的な他者がいて、一方で日本はその強大な他者との対峙を避けることで性的人間にならざるを得なかったという構図がそれにあたる。

たとえば「日本人はみんなおかまだ、日本人はみんな尻をぬかれて始めて自分の欲望を解放させるんだ」(『孤独な青年の休暇』)といった露悪的で下劣な表現を用いることによって、アメリカという強大国に占領され庇護される日本の状況と「性的人間の国家化」(「われらの性の世界」)として生き延びてきた戦後日本のありようをあきらかにしようとする。

「性的関係とはそれが正常なものであれ倒錯したものであれ、奇怪な無秩序を感じさせる他存在に盲目的な没入をおこなうことで、それに意味づけをし秩序をあたえ、自分の躰の一部のように親しいものにかえる行為」(『後退青年研究所』)とある通り、個の身体に根差しているはずの性というものが、他存在を対象化し社会化されたときに、パンドラの箱のごとく一気にその姿を見せるある種の暴力的な側面がある。性の持つ他者への「盲目的な没入」、すなわち「同化」の作用に内在する暴力は、同化する・させるの双方を巡って露わになる。

他者を他者として認知するのではなく、他者をあたかも「自分の躰の一部」として自己のうちに取り込むことによって他者性そのものを溶解させる。この同化する・させるという回路によってしか成立しない他者との関係性は、対象が超越者としての天皇であれ、非力な女子学生であれ、いうなれば自己の存在のためだけに他者を存在せしめるほかない暴力ともいえるものである。

本来は他者との応答によってしか主体の獲得はできない。ときにこちらを脅かし、差し迫った問いを発してくる他者なる存在なしに、自己を定位する言葉は持ち得ない。

戦後の日本にとって、応答すべき他者とは何だったのだろうか。

敗戦という、国家の次元においても個の次元においても、極めて大きな経験を受け止め総括する主体を持ち得ず、なし崩しにしてきた日本は、同時に他者性も放棄してしまったのではないか。それまで敵意と蔑みの対象であった「鬼畜米英」を一夜にして歓迎し、他者そのものであったはずの占領軍のアメリカの庇護と管理の下、繁栄に邁進した戦後は、「知性の機能とは、つまるところ他者をあくまで他者としながら、しかも他者をその他在において理解することをおいてはありえない」（「人間と政治」）という丸山眞男の警句をよそに、アメリカに自ら同化することと、一方で国内やアジアにおける戦争の記憶や死者を都合よく同化させることに勤《いそ》しみ、他者との厳しい対峙を通しての主体への問いが立ち上がってくることはついになかった。

近代化とは、「我々」から「わたし」を獲得することであるとするならば、戦争へ向かっていった昭和初期の日本は、「わたし」をふたたび「我々」のなかに強制的に取り込み、同化させていく過程だった。そして戦後民主主義によって、かつての「我々」は否定され、「わたし」の新生が高らかに宣言されたかに思えたが、他者の介在のないままの「わたし」は未分化のまま、あるいは内外のさまざまな意匠に晒されて分裂したあげく、歪《ゆが》められてきた。その模索、迷走そのものが戦後の日本を形作ってきたといえよう。

大江が作品のなかに取り込んだ、性が持つ同化の暴力性は、他者性の欠落のなかで主体獲得の擬態を繰り返す戦後日本が陥った隘路《あいろ》を別の方向から浮き彫りにするものであった。

広島への旅――『ヒロシマ・ノート』

いまから六十年前、大江はひとつの旅をする。その旅は、彼にとってその後の歩みを定める決定的なものであった。

『ヒロシマ・ノート』は原爆後の広島を描いたルポルタージュであるが、大江自身の私的な生を巡る内的な旅の記録でもあり、大江にとって最も重要な仕事のひとつである。

一九六三年夏、大江は岩波書店の編集者で、後に「世界」の編集長を経て社長となる安江良介氏とともに真夏の広島を訪問し、第九回原水爆禁止世界大会の取材に向かう。開催を巡って共産党、社会党、総評それに中国とソ連の思惑や軋轢《あつれき》などが絡み合い、ヘゲモニー争いや党派による政治的な駆け引きによって反核運動が分断していく様相と、実際の被爆者たちの声や佇まいをたどっていく内容は、当時の広島の平和運動にかかわる大きなうねりと、一方でその困難と矛盾を伝えている。

冒頭で大江は、広島への旅が「個人的な内部の奥底」にかかわっているものだと記すことからこのルポルタージュをはじめている。

僕については、自分の最初の息子が瀕死の状態でガラス箱のなかに横たわったまま恢復のみこみはまったくたたない始末であったし、安江君は、かれの最初の娘を亡くしたところだった。そして、われわれの共通の友人は、かれの日常の課題であった核兵器による世界最終戦争のイメージにおしつぶされたあげく、パリで縊死してしまっていた。われわれはおたがいに、すっかりうちのめされていたのである。しかし、ともかくわれわれは真夏の広島にむかって出発した。(『ヒロシマ・ノート』)

「個人的な事情」を抱え、「うちのめされていた」ふたりの青年は、広島日赤院長であり原爆病院院長の重藤文夫医師と出会う。彼らの広島への旅は、重藤医師との出会い抜きには語ることはできない。

重藤氏は自らも被爆者でありながら、原爆直後から焼跡の広島において長く治療にあたってきた医師である。彼は原爆投下の一週間前に広島に赴任してきたばかりで、通勤途中の市電の停留場で被爆。その直後から爆心地の壊滅した町と黒焦げの死体のなかを皮膚がただれた半裸のけが人の治療にかけ回った。その後も死に向かう人々と向きあいつつ、原爆症の治療と研究に従事し、高齢化する被爆者のための老人ホームや被爆二世の問題などについても取り組みながら、原爆の惨禍に対峙しつづけてきた人物である。

重藤氏との対談『対話　原爆後の人間』において大江は、いまにも鼓動が聞こえてきそうな熱を帯びた言葉で、自らも被爆したにもかかわらず患者の治療を持続させてきた医師の、その犠牲的な精神、モラリティについて繰り返し問うている。重藤氏の経験と実践の内実に導かれながら、人類が体験したことのなかった未曾有の出来事が人間にもたらしたものを検証していこうとする過程は、そのまま大江の広島への旅の深度と重なっていく。

大江は重藤氏のなかにひとつのヴィジョンを見出す。大江は重藤医師のことを「広島的な人間」と呼び、その人間像について次のように書いている。

原爆という、人間の到達した、もっとも悪しきものに潰滅的な打撃をうけたところの、原爆後の人間である。しかもなお、ほかならぬ人間的なるものによって、原爆の悲惨のまえに決してくじけさることなく、生き延びる道を追究しつづけてきた原爆後の人間である。(『対話原爆後の人間』)

院長自身、被爆者だ、かれもまた地獄を見た人間のひとりなのだ。そしていかにも人間らしい威厳とともに、今日も人間の躰のなかで存在しつづけている原爆と戦いつづけているまさに広島の独自の人間、広島的な人間なのだ。(『ヒロシマ・ノート』)

大江は重藤氏から感得したものを「新しい人間の思想」、「信ずべきモラル」、「自分を支えるもの」、「勇気」、「威厳」そして「希望」といった硬質な言葉で書き連ねている。それらは情動に駆られた祈りの文句のようですらある。

イメージやメタファーを駆使して言語空間を周到に作り込む自身の小説において、大江はこのような熱情的で直接的な言葉で対象をとらえることはあまりない。作家が書くルポルタージュは小説以上に作家の体験の原型を伝えることがある。『ヒロシマ・ノート』は、大江の「個人的な事情」を基調音として、あるいはそれゆえに描く対象と大江自身が極めて肉薄している。それはつまり、広島への旅、重藤氏との出会いがいかに大江にとって抜き差しならない決定的な体験であったかを示している。

『ヒロシマ・ノート』は、賛否を受けながらも現在においてもなお版を重ねている。「広島的な人間」を謳いあげる大江の文体に表れているのは、原爆の悲惨に触れてなお抑えがたいほど高まっていく希望の予感への高揚感であり、「うちのめされていた」青年が、探し求めていたものをついに見出したときの手放しの興奮、見晴らしが開け解き放たれた恢復感である。それはたとえば次のような言葉に表れている。

その悲惨を克服しつづけるということがどういう困難な過程であったか、それを克服しつづけた広島に、どのように新しい人間の思想が、あらわれたか、ということであるにちがいない。それより他に、今日どういう信条が、信ずべきモラルがありえよう？（同前、傍点引用者）

この力んだ高らかな宣言のような表現には、大江が苦悩のうちに描き出そうとしたもの、若い大江の内的な差し迫る力が凝縮している。

その幼児の頭に、父親としては見るだけでびっくりして自閉的になるような異常がありました。その子がこのまま衰弱して死ぬのだったら、それもしかたがない、と思うというか、むしろそうさせたいと思うというか、積極的に手術をする気持がおこらない。町医者も遠まわしにそうしたことを言う。そのすすめを受けいれようかと感じるときは、むしろまだ自分が善良なくらいで、もっと悪質なことを考えつめるときには、あの子は死んでしまってくれたほうが妻にも自分にもありがたいと思ったりすらしたように思います。一夏ずっとそれのみを考えて過した（『対話　原爆後の人間』）

大江が息せき切るように書き付けた「広島的な人間」とは、人間が焼き尽くされた人類史上類を見ない悲惨を受けながら、それに屈伏することなく、死にいたるほかない人々とともに闘いをつづけながらなお、あるいはそれゆえに威厳を失わない人間のありようのことだ。大江は広島に来る前、頭に障がいを持って生まれた我が子のことで苦しんでいた。しかし、広島の被爆者たちや重藤医師との出会いによって、自身の生の危機を乗り越える契機に遭遇した。

その後、障がいを持つ子を自らの生のうちに引き受けるまでの青年の心の遍歴を記した長編『個人的な体験』によって、大江は広島での経験を文学的に昇華させ、作家として新たな境地を切り開いていく。

大江にとって重藤文夫は、啓示的な存在であった。大江は重藤氏を通じて広島を再発見したのだが、それは原爆の悲惨ということだけではなく、広島から照り返される、生の当事者性の恢復への道筋でもあった。大江は重藤医師のなかに「広島的な人間」を創造することで、自らの生における大きな危機を、自分ひとりの内なる当事者性においてだけではなく、他者の苦難のうちにも見出し、地上の人々が直面する困難に自己の生をひらいていく回路を獲得し得た。それはやがて、大江が見出すことになる犠牲的な生のあり方につながっていく。

大江はかつて原民喜《たみき》のことを「狂気しそうになりながら、その勢いを押し戻し、絶望しそうになりながら、なおその勢いを乗り超えつづける人間であったのである。そのように人間的な闘いをよく闘ったうえで、なおかつ自殺しなければならなかったこのような死者は、むしろわれわれを、狂気と絶望に対して闘うべく、全身をあげて励ます」死者であると書いた（『夏の花・心願の国』解説）。大江は原民喜のなかにも、自らを賭けて人間全体の「励まし」であろうとする「広島的な人間」を見出していた。

大江は、「広島的な人間」を創造せざるを得なかった。未曾有の悲惨、人類の生存を全的に否定しうる核兵器によって消え去った死者と、死にゆく生者に寄り添う重藤氏は「励まし」そのものであると同時に、大江が落ち込んでいた戦後の生のクレバスを埋めた人物であった。

具体的で地道な実践とそれに裏打ちされた「広島的な人間」が示す犠牲的な生のヴィジョンは、

あったことをなかったことにして忘れ去る戦後日本への根源的な批判であると同時に、新しい生のモデルとして大江が重藤氏を通じて創造したひとつの人間像であった。

ハックルベリー・フィンの決意に感銘した少年は、やがて頭部に重い障がいを持って生まれてきた我が子を引き受ける決意をする。大江は生の苦しみを通して、広島の体験を我が身に引き寄せ、そして「広島的な人間」とともに戦後という時代を生きる新しい生を更新していった。大江にとって広島は断絶された主体を再生し、ふたたび選び取るための場所としてあった。

大江は文字通り、自らの生がそこに内在する時代を主体として引き受ける「新しい時代の作家」として再出発することになる。

三　戦後の総括の試み

『万延元年のフットボール』における戦後の総決算

六〇年安保闘争、広島への旅、そして障がいを持つ子との共生という内的な経験の遍歴を文学作品のなかで表現し昇華していく過程は、大江個人にとって成熟に向けての歩みであったといえる。彼はもうすでに「遅れてきた」青年ではなかった。

一九六七年、三十二歳のときに上梓《じょうし》された『万延元年のフットボール』において、大江は満を持して自らにとっての戦後の総決算を試みている。この作品では、それまでの主題を統合しながら、敗戦から安保闘争の挫折にいたる経験を日本の近代化の流れのなかでとらえ、戦後の主体獲得を巡る葛藤の全体像をひとつの大きな物語として形象化させようとしている。

作品を導き、貫いているのは、地獄のイメージである。

穴ぼこの底には、ところどころはだしの踝《くるぶし》をうずめるほどにわずかな水がたまっている。肉を搾《しぼ》った液のようにわずかな水。地面にじかに腰をおろしながら、水がパジャマのズボンと下穿《したば》きをとおして尻を汚すのを感じ、しかも自分がそれを拒むことのできない者のように従順に受けいれていることに気がつく。(『万延元年のフットボール』)

二十七歳の「僕」=根所蜜三郎は、晩秋の夜明け前、「朱色の塗料で頭と顔をぬりつぶし、素裸で肛門に胡瓜《きゅうり》をさしこみ、縊死した」友人とその死の謎にとらわれながら、穴の底にひとりうずくまっている。異形な扮装で死んだ友人に導かれながら、養護施設に預けている重度の障がいがある赤ん坊のこと、心を閉ざしアルコールに依存するようになった妻、そして一九六〇年の学生運動に関わって傷つき、その後劇団のメンバーとしてアメリカに渡り、改悛した政治運動家の惨めな転向劇を演じながら放浪している弟の鷹四のことを追想する。

「僕」は穴ぼこから動こうとはしない。寒さと痛みのなかで、「僕」は周囲を閉ざした土の壁を掘り、「僕自身を生き埋めにしよう」としていることに気づく。穴の底の、それよりさらに下方へ、死の匂いのする場所へと沈みこみながらも、どこからか欠落感ではない「期待」の感覚が「躰の内奥に回復してきている」のも感じ取っている。

夜明けのこと、「僕」の目に映った、ハナミズキの葉裏に赤く光を宿した色彩に、故郷の谷間の村にある寺でかつて見たことがある地獄絵に描かれた煉獄《れんごく》の炎を見出す。

炎の河には数かずの亡者たちが、激しい風にあおられているように髪を逆だて両腕をかかげて喚《わめ》いている。痩せて角ばった尻と足だけを空中につきだしている亡者もいる。かれらの苦悶の表情にもまた、心を和《なご》ませるところのものがある。それはかれらがあきらかに苦しみに没入している様子でありながら、しかもかれらの苦しみを表現する肉体そのものに荘重な遊戯の印象があるからだ。かれらは苦しみに馴れ親しんでいるように見える。（同前）

地獄にいる亡者は、永い時間苦しみつづけている。彼らはもはや苦しみへの依存のなかにあり、むしろ秩序を保つためにだけ苦しみの素ぶりを示しているのではないか。彼らは灼熱苦の地獄にいながらにして、いつのまにかそれに慣れ親しんでしまっているのではないか。

亡者たちが生前の罪によって苦悶する姿に安らぎを感じ、煉獄の炎に懐かしさを感じる自分もまたその地獄のなかにいるに違いない。地獄が表すものは「僕」の内にかかえているものの暗示、自身の現在の生の原風景として立ち上がってくる。この一連の地獄絵のイメージは作品の基調音として全体を覆っている。

それぞれに傷を負った青年たちが、恢復を求めて一緒に故郷に向かうところから物語は動き出す。

蜜三郎は妻と弟の鷹四、その鷹四を崇める星男と桃子とともに四国の谷間の村に出発する。彼らは両親のいなくなった屋敷に滞在するが、蜜三郎だけは彼らと離れ、倉の二階でひとりで寝泊まりする。故郷の村に帰ってはきたが、村と自分を結びつけるものはどこにもなく、自分は赤の他人であり、ただ「ネズミのようにおどおどしてうさんくさい人間」でしかないと感じる蜜三郎は、倉のなかに閉じこもり、村に起こることの一切にかかわろうとしない。「僕」は、故郷においてでさえ、卑屈な傍観者としてしか生きることができないでいる。

弟の鷹四は、過激な学生運動での暗い傷を負いながらも、何かの期待に駆り立てられているかのように、若い仲間たちを引き連れて意気揚々と村に降り立つ。

蜜三郎と鷹四のふたりの兄弟は幼少期を一緒に過ごしたにもかかわらず、まったく別の記憶を分け持っている。それが最初にあきらかになるのは、復員してきた後、朝鮮人部落で撲《なぐ》り殺されたS兄さんについての記憶である。

鷹四にとってのS兄さんは、軍刀を下げて戦争から帰ってきた輝かしい存在であり、村の青年たちを指導し、力ずくで朝鮮人たちを襲撃した際の戦利品をくれた無二の英雄であった。自分がリーダーとなって率いていた村の青年集団と朝鮮人たちとの抗争の最中に、頭を打ち砕かれてしまったS兄さんは、あの日鮮血を流し裸のまま舗道に倒れていた。その痛ましい孤独な姿と、それを見ていた自分は、あのときふたりながら「白い光の雲につつまれて」いた。S兄さんの死は悲痛でありながら、それゆえに幸福なカタルシスとして鷹四の記憶に刻まれている。

しかし、蜜三郎は鷹四の記憶を真っ向から否定してみせる。復員してきたS兄さんは変わり者だった。村に入る前に軍刀をこっそり川に投げ捨てるような人間で、ぐずで非力なもの笑いの種として村の青年たちのなぐさみものだった。

谷間の青年たちと朝鮮人たちとの抗争のなかで不幸にもひとりの朝鮮人が死んでしまった。秩序を保ち、関係を修復するには誰かを犠牲として差し出し、その穴埋めをしなければならない。S兄さんこそが、その犠牲の羊だった。粗暴な仲間たちが酔って騒いでいるとき、しらふで倉屋敷の奥の暗いところでじっとしていたS兄さんは、自ら進んでそのような絶望的な役割を引き受けるような人だった。

その死もまた惨めだった。撲殺された死体は仲間から置き去りにされリヤカーに乗せられて村に戻ってきたが、村人たちは死んだS兄さんを「災厄の媒体」のようにかかりあいになるのを恐れて、誰も近寄ってはこなかった。

蜜三郎と鷹四は同じ記憶を巡って対立し、分かり合うことのない者同士として物語は進行していく。

村では、「スーパーマーケットの天皇」と呼ばれる朝鮮人の経営者がやってきて成功を収めていた。彼のスーパーマーケットの勢いは、昔ながらの地域の経済や人間関係を壊しつつあった。鷹四が故郷に戻ってきたのは、アメリカで出会った「スーパーマーケットの天皇」から実家の倉屋敷を買いたいという申し入れがあり、その取引を進めるためだった。

仕事にあぶれてしまい、「スーパーマーケットの天皇」に借金をして養鶏場を運営していた村の青年たちの不満が高まっていた。鷹四は青年たちと親密になるや、彼らを組織しフットボールチームを結成し、村に伝承される御霊信仰の祭りを利用して暴動を計画しようと企む。

村の青年たちと集団生活をし、かつての政治闘争で身につけた経験によって戦闘訓練を施し、彼らを武闘集団に育て上げた鷹四は、大雪で村が閉ざされたことをきっかけに、青年らを使ってスーパーマーケットの略奪と破壊をしかけ、村の人々をも扇動し、暴徒として動員することに成功する。

大雪のせいで「スーパーマーケットの天皇」は不在であり、外部との交通が閉ざされた村は熱気と混乱に満ちていく。鷹四が巧みに作り出した祝祭的な暴動は、百年前に起こった万延元年の一揆の記憶と重なっていく。その一揆の指導者で、村の百姓を蜂起に駆り立てたのは、彼ら蜜三郎と鷹四の曾祖父の弟だった。

この曾祖父の弟を巡っても、蜜三郎と鷹四の兄弟はそれぞれまったく別の歴史を語る。

鷹四は、弟は兄に殺されたのだと考えていた。騒動を収め、自分の身の安全を確保するために曾祖父本人が一揆を首謀した実の弟を殺してしまったのだ。「弟の腿の肉を一片、喰ったよ。それは、弟の起した大騒動に自分が関係していないことを藩の役人に証明するためだったんだよ」と曾祖父の行動について語る鷹四は、倉屋敷に籠城して支配側と闘っていた弟は、兄の言に騙され、志半ばで無残に殺されたのだと信じていた。

一方で蜜三郎の方は、兄は窮地に陥った弟を助けたのではないかと考えていた。曾祖父はとらえられる寸前の弟を、策を弄してうまく高知に逃がしてやったのだという説の信ぴょう性を思っていた。

さらにもうひとつ別のいい伝えもささやかれていた。兄と弟はじつは二人して支配体制側との密約に従って一揆を扇動する役割を担ったという説である。村の一揆を扇動した弟と若者らのグループは、追い詰められ、倉屋敷に籠城して藩兵に激しく抵抗した。立て籠もる彼らを欺いて外に引き出したのが兄である当の曾祖父であった。他の者らが次々と斬殺されるなか、指導者である弟一人だけが厳戒態勢のなかで生き延びられたのは、密通の見返りとして支配者側からの手引きがあったからではないか。

曾祖父の弟を巡って語られる歴史の記憶が錯綜するなか、鷹四は百年前の一揆の主導者であるその人物に傾倒していく。鷹四は、一揆を生み出し壊滅させたあげく実の兄に殺された弟の幻影に自らを重ねるようになっていく。

ひとり倉屋敷に閉じこもったままの蜜三郎の前で、スーパーマーケットを巡る暴動は、閉ざされた谷間の村の時空のなかで万延元年の一揆の再現としての意味を帯び、鷹四はしだいに曾祖父の弟、その人と同化していく。

雪はなおも降りしきっている。この一秒間のすべての雪片のえがく線条が、谷間の空間に雪の降りしきるあいだそのままずっと維持されるのであって、他に雪の動きはありえないという不思議な固定観念が生れる。一秒間の実質が無限にひきのばされる。雪の層に音が吸収されつくしているように、時の方向性もまた降りしきる雪に吸いこまれて失われた。偏在する「時」。素裸で駈けている鷹四は、曾祖父の弟であり、僕の弟だ。百年間のすべての瞬間がこ

の一瞬間にびっしり重なっている。(同前)

「本当の事」という問い

傍観者・蜜三郎と暴動の首謀者・鷹四との対比がしだいにあきらかになっていく。両者の越えがたい溝は、蜜三郎の沈潜し閉塞していく内面と、鷹四の衝動的な自己破壊への情動との違いとなって表れてくる。

鷹四は、蜜三郎に自分がいかに卑劣な人間であるかを語り出す。自分は政治運動の闘士でもなければ傷ついた転向者でもない。安保闘争のときには、学生たちを裏切り、雇われ暴力団の一員として卑劣な暴力をふるって彼らを襲っていたことや、蜜三郎の妻と公然と肉体関係を持ったことなどを露悪的にあきらかにするが、無力に浸る密三郎は、弟のそんな苦しい告白にさえ揺さぶられることはない。

穴ぼこから見る地獄のメージに安らぎを感じ、ひとり暗がりにうずくまっている蜜三郎は、鷹四のうちにももうひとつの地獄があることを、他人に伝達しえないもの、その生を引き裂いてやまないものがあることを理解するが、しかし、それで兄弟が邂逅することはない。

そして、鷹四が村の娘を強姦しようとして死に至らしめてしまうという無残な事件が起こる。

しかし、本当に鷹四が殺意を持って殺したのか、それとも不幸なアクシデントだったのかがはっきりしない。だが、鷹四は自分が犯人だと自ら主張する。事件の余波は村を駆け巡り、鷹四は孤立していく。

事件をきっかけに兄弟は対峙する。だが、その亀裂は決定的になってしまう。

鷹四は兄に罪を告白する。しかし、被害者の血で汚れた両掌を前に突き出して犯した罪を告白する弟に対し、蜜三郎はただ軽蔑を感じるのみで、本人の言うことをまるで信じない。「鷹が意識してそういう犯罪をやりとげたのじゃない。きみにはそういうことはやれない。（略）娘は事故で死んだのにちがいない」。兄は冷たく言い放つ。

「なぜ、蜜はそれを信じないんだ？」と涙ながらに詰問する弟に、蜜三郎は何も言い返さない。殺人は弟の狂言に違いない、そんな大それたことができる人間ではない。蜜三郎は、鷹四が荒々しい自己処罰の暴力に向かって危険な跳躍をしようとしていることを確信するものの、そのおぞましさからひたすら目を背ける。

スーパーマーケットを巡る暴動は鎮まり、村の祝祭はもう終わった。いまやひとり孤立し、村の青年たちの憎悪の対象とすらなった鷹四は、S兄さんのように村人にリンチで殺されることを予期している。まるでこのときを待ち計画していたかのように、彼は崇拝する曾祖父の弟を真似て猟銃を持ち出し、倉屋敷に籠城して最後の抵抗を試みようと備える。

すべてが鷹四の望み、企んだ身体を賭してのパフォーマンスの筋書のように進行する。そして、倉屋敷のなかで銃を胸に抱き、死を覚悟した鷹四は、傍らにいる兄に「本当の事」について語りかける。


「蜜、おれは話したいことがあるんだ。蜜に本当の事をいいたいんだ」と鷹四がその言葉の意味の真面目な伝達を疑っているように、またなかば放心しているような具合に頼りなく恥かしげにいった。しかしその言葉は強く僕に伝わってコダマを発した。

「僕は聞きたくない、僕に話そうとするな」と僕は本当の事についての鷹四との対話の記憶から逃げ出したいと感じながら急いで抗弁した。

「蜜、おれは話すよ」と鷹四は、僕の逃げ出したい意志にさらに拍車をかける、もの欲しげな醜い声で押しつけてきた。心底打ちのめされて屈伏しているかれの様子に僕はあらためて震撼された。「蜜もそれを聞けば、すくなくともおれがリンチされる所を傍観する程度には、おれに協力してくれるようになるよ」(同前)

そして鷹四の若い生に杭のように深く打ち込まれている、ある悲惨な体験が語られる。彼は、知的障害の妹を騙して妊娠させ、卑劣な言い逃れを画策したあげく、自殺に追いやってしまったことを告白する。

しかし、蜜三郎は鷹四が話す「本当の事」を受け入れることができない。それどころか、それを徹底して否定し嘲弄《ちょうろう》してみせる。

「……鷹は明日の朝リンチされて死ぬことはないし、将来、裁判で死刑判決を受けることもない。きみはただ、そうした荒あらしく酷い死を遂げて、近親相姦とその結果ひきおこされた無辜の者の死の罪悪感を償うにたる自己処罰を果たし、しかも谷間の人間には、『御霊』のひとりとして暴力的な人間たる記憶をかちえることを切望しているのみだ。その幻想が現実化すれば、確かにきみは、引き裂かれていた自分を、再び肉体において統一して死ぬことができるだろう。（略）しかし、鷹、繰りかえしきみは危機に甘ったれてみせるが、最後のどんづまりにはいつも抜け道を用意しておく人間だ。（略）今度だってきみはなんとか卑劣な手段を弄して生き延びるにちがいない。……」（同前）

「……きみがもっとも頼りにしている曾祖父さんの弟は、一揆を指導して殺戮をおこなった上、最後には仲間たちを見殺しにして、自分だけ森を越えて出奔した。（略）かれは暴力的な人間でありつづけはしなかったし、メンタリティの上だけですら一揆の指導者の志を持続することがなかった。自己処罰したというのでもない。かれはただ、一揆の体験を忘れ去って平凡な市民生活の内なる晩年をすごしたのさ。（略）実際かれはいかなる『御霊』にもなりえない、羊のような人間として死んだんだ。（略）もうその種のヒロイックな幻想に血を熱くする年齢ではないよ、鷹。きみはもう子供じゃない」（同前）

「本当の事」をいおうか……それがどれほど卑劣で惨めなものであれ、捨て身で何事か真実を述べようとした者に対し、それをただ傍観するだけでなく、卑怯な自己欺瞞だと批評し攻撃する蜜三郎と、自らの生の傷を乗り越えるために苦しく危険な跳躍に向かう鷹四は、大江が持続してきたふたつの相反するもの、「引き裂かれていた自分」そのものである。両者の間には暗く深い亀裂がある。共通していることは、傷を負っていることと、敗者であることだ。

多くの評者が論じているように、この作品は日本が近代化によって抱えつづけてきた亀裂を百年前の一揆と一九六〇年の安保闘争、そしてその後の戦後社会とを「想像力の暴動」によって結びつけることで可視化し、戦後の枠組みのみならず、重層的な様相における近代化のありようを顕在化させてみせている。

明治以来の近代化の行き詰まりとしての戦争の敗北は、国家レベルにおいても個人のレベルにおいても、日本のアイデンティーに関わるさまざまな揺れと亀裂、対立を生んだ。六四年の東京オリンピック、いざなぎ景気、そして六八年には日本のGNPがアメリカにつぎ世界第二位となるという未曾有の経済成長において、「もはや戦後ではない」というフレーズが実感を持ちはじめ、一方で七〇年には三島由紀夫が自衛隊の市ヶ谷駐屯地で自決するという時流のなかで書かれた『万延元年のフットボール』は、明治からの百年という時空のなかで戦後の中心にあった問いを引き受け、そのダイナミズムとアクチュアリティを映し出した作品として読まれ、論じられてきた。

しかし、最も重要な点は、大江がこの作品において自身の戦後の総決算を試みているということだ。大江は戦後民主主義を掲げながら、自らの生の底流にある反近代的な情動や、超越的なものへの志向を果敢に作品のなかで対象化させつつ、主体を喪失した者の煩悶、悲哀、卑屈さ、暴力を容赦なく描いてきた。相反する主題、引き裂かれた自己を抱えながらの、おそらくは苦しくあやうい表現の試みは、結果的に他の作家の追随を許さないほど、戦後日本の異なる生の位相をとらえることを可能にした。

いうまでもなく作家の実際の生と作品とは異なる次元にあるが、大江が戦後日本の代表的な「新しい時代の作家」たりえるのは、自らの生がそこに内在するひとつの時代全体を引き受けようとしている覚悟ゆえである。

「「本当の事」をいおうか?」という問いは、同時代の詩人・谷川俊太郎の詩〈本当の事を云おうか／詩人のふりはしてるが／私は詩人ではない〉（谷川俊太郎『鳥羽1』）からの引用である。私であって私でない。自分の生であって自分の生でない。その間にあるはずのものは何か。その間を埋めるものは何か。

それを生の苦しみと呼ぼうが、「淋しさ」と呼ぼうが、煩悶や悲哀と呼ぼうが、既存の言葉では言い表すことのできない燃えひろがる熱のような、一切の虚偽を拒絶する情動の塊、沸点にまで張りつめた問いの強度がこの作品を動かしている。その問いとは、答えのためにあるものではなく、世界や他者に開き、現在進行形の時代の熱のうねりを映し出す、動的な生の様態そのものである。

蜜三郎と鷹四のふたりの対話は、大江が作り上げた自己対話にほかならない。『万延元年のフットボール』は、大江個人にとっての戦後の総括、すなわちダイヴィングを決行する者と、それを見るだけの者、相反する両者を作家自身の自己の亀裂として統合することを通して、戦後日本の命題に対峙しようとした作品といえる。

「非転向」を生きつづける

「本当の事」に対する兄からの否定と拒絶。鷹四はその直後、猟銃で頭を撃ち抜き自らその生を終えてしまう。どこにも救いのない無残な鷹四の死の後、交通が回復した村に「スーパーマーケットの天皇」がやってきて混乱を収め、店の移設のため根所家の倉屋敷の解体工事をはじめる。その工事の最中、倉屋敷の地下に古い石造りの隠し部屋が発見される。

そこは曾祖父の弟が一揆の後に地下生活を送っていた場所であったということがあきらかにされる。弟は兄に惨殺されたわけでも、仲間を見殺しにして逃げのびたわけでもなく、後半生を自己幽閉のうちに送ったのだ。

仲間たちが斬首される悲惨を阻止することはできなかったが、かれ自身もみずからを罰したのだ。かれは潰滅の日から地下倉に閉じこもり、そのように消極的な姿勢によってではあるが、生涯にわたって転向はせず、一揆の指導者としての一貫性を持続したのだ。(同前)

万延元年から十年後の明治四年、村で暴動が起きたとき、どこからともなくひとりの指導者が現れて官憲と交渉し、ひとりのけが人も出さず事を収めたことが記されている古い地誌から、もうひとつの啓示が語られる。すなわち、混乱した村に忽然と現れた指導者、その出自不明の男こそ、地下で幽閉生活を送っていた曾祖父の弟その人だったのではないか。

自分が導き、敗残した血なまぐさい一揆のことを十年間ひとり考えつづけてきた彼は、その経験によって「新しい時代」につづく騒乱を誘導し、今度はひとりの死者も出さずに成功させた。そして、人知れずふたたび屋敷の地下倉に戻り、明治という時代を見守りながらその生涯を閉じたのではなかったかということがやがて蜜三郎のゆるぎない確信となる。その人は密通者でも逃亡者でもなく、非転向の敗者としての生涯を孤独のうちに生き長らえたのだ。
村の寺に保管されていた地獄絵は、曾祖父が地下で生きる弟のために描かせたものだった。

もちろん地獄は描かれねばならない。なぜならそれは生きながら自己幽閉して孤独なかれ自身の地獄に立ちむかっている弟を鎮魂するための絵なのだから。しかし炎の河は、朝の陽光をやどしたハナミズキの紅葉した葉裏のような赤に塗られねばならないし、火の波の線は女の裳裾《もすそ》のひだのように穏やかに柔らかくひかれねばならない。「優しさ」そのものである炎の河が実在せねばならないのだ。かれひとりで喚き苦しむ亡者であり、同時に痛めつける鬼でもある。荒ぶる弟を鎮魂するための絵なのだから、亡者の苦渋も、鬼の苛酷も、正確に描かれねばならない。しかし鬼と亡者とは、苦悶の表出と残虐の実践にこもごもはげみながらも、それぞれの心を穏やかな「優しさ」の紐帯によってむすばれていなければならないのだ。（同前）

裏切り者として死んだ曾祖父の弟に自分を同一化させ、その恥辱を引き受けるように惨めに自死した鷹四。密三郎は弟の荒ぶる魂こそ、曾祖父の弟に関する新しい事実と、地獄の絵に刻まれた「優しさ」を知るべきであったのだと切実な悲哀とともに感じる。

この長い物語の最後に現れた、地下倉で生涯を終えた曾祖父の弟こそ、蜜三郎と鷹四を和解させる存在である。うす暗い地下倉で自らの地獄を抱え朝の光を眺めたであろう曾祖父の弟は、穴ぼこでなすすべもなく自らを地中に埋めようとしていた蜜三郎と重なり、妹を無残な死に追いやり、政治的な闘争では卑劣な転向者として終生裏切り者であることから抜け出すことのできなかった鷹四にとっては、あり得たかもしれないもうひとつの生としてある。それは、「本当の事」という生を賭けた問いが引き寄せたものだった。

『万延元年のフットボール』は、先に述べたようにさまざまな主題や意匠が複雑に絡み合い、多様な読みを誘導する優れて文学的な作品であるが、おそらく大江は創作の衝動において、この曾祖父の弟の存在、その一点に向かってこの作品を結実させてきたに違いない。

大江が見出した曾祖父の弟という存在、反体制の暴動を指導した後、失意のうちに自らを幽閉し、死者とともに地下の暗がりで生涯を閉じた人、それゆえに非転向を生き得たことこそが、相反するふたつの主題を統合した先に現れた新しい生にほかならない。

閉ざされた生でもなく、自己破壊的な生でもない。その引き裂かれたふたつを結ぶ紐帯としての非転向という生のあり方とは何か。

それは敗北と傷の側に立ちつづけるということだ。自らが受けた傷の痛みを痛みとして持続させ、起きたこと、あったことをなかったことにするのではなく、そのことを自身の生の一部として新しく生き直すということだ。非転向とは、思想のことを指しているのではなく、自らが選び取った生への根源的な姿勢のことである。それは戦後日本が宿痾《しゅくあ》として抱える傷痕の総体から逃れず、丸ごと引き受けることによって乗り越えようとする決意に連なるものだ。

自由民権の時代が近づいてくる足音を聞きながら、曾祖父の弟が地下でひとり生きた地獄がふたりの兄弟を和解させる物語は、戦後という苦しい時代と格闘した大江の体験と共鳴し、地獄絵にやすらぎと優しさを見出すイメージによって終結に向かっていく。

最後に蜜三郎は、養護施設に預けていた障がいのある子を引き取り、妻である菜採子《なつこ》と、彼女が身ごもっている鷹四の子とともに生きていくことを決意する。それは鷹四という近しい死者とともに、彼自身の新たな地獄を生きていく覚悟でもある。

青春のしめくくりとして書いた。大江はこの作品についてそう述べている。作家として出発した戦後という時代の総決算として大江はひとつの答えを出した。一人称で語る蜜三郎は作家自身であり、鷹四は精神の内奥に蠢《うごめ》くもうひとりの自分にほかならない。この両者の交錯と和解を通じて、大江は非転向の地下生活者という戦後を乗り越える新しい生のモラルを発見したのだ。この作品は、「新しい時代の作家」として大江がたどり着いたひとつの到達点である。

四　損なわれた生の救済と再生

ギー兄さんと谷間の村――『懐かしい年への手紙』

『懐かしい年への手紙』は、後期の大江の作品で繰り返し出てくるギー兄さんがはじめて本格的に登場した作品である。「ギー兄さん」の原型となっている「ギー」とは、「発狂するまでのかれは、あるいは発狂したみせかけで徴兵忌避者の隠遁生活をはじめるまでのかれは、村有数の教育を受けた人間だった」（『核時代の森の隠遁者』）という隠遁者で、軍隊にとられることを恐れ、森に逃げ込み、以来長年森の奥に住み、夜になると食物を漁りに村に降りてくる風変わりな人物という設定である。

このギーを中心に据えた作品、『核時代の森の隠遁者』（一九六八）は、『万延元年のフットボール』からスピンオフした短編小説である。

ギーは村人の葬式に参加することも、また祭の正規のメンバーとしても認められておらず、共同体の正式な一員ではないが、完全に排除されているのでもなく、いわばマージナルな存在である。

隠遁者ギーがあるとき、森から降りてきて、谷間のありとあらゆる場所で「核時代を生き延びようとする者は／森の力に自己同一化すべく　ありとある市／ありとある村を逃れて　森に隠遁せよ！」という詩のような説教を「谷間の人間を救済するためにというより、あたかもかれ自身が、核時代の魔の代弁人として攻撃をしかけてくるとでもいうように」叫びつづけるようになる。ちょうど村伝統の御霊祭が行われるときで、隠遁者ギーは枯葉のついた小枝で全身を覆う奇態な扮装をし、「森」の御霊となって勝手に祭りの後列に加わる。そして正規の御霊たちが倉屋敷跡の焚火《たきび》のまわりを踊り回っていたとき、事件が起こる。「森」の御霊たる隠遁者ギーが自分から焚火の真ん中にダイヴしてしまうのだ。そして救助しようとする者たちを、炎にまかれながら竹槍でめったやたらに突きながら、痩せた小柄な老人はそのまま焼死してしまうという物語である。その後、村の人々が少しずつ村を離れていくということが起こる。

この短編には、後年大江作品の主要な舞台となる生まれ故郷に根差した自給自足の共同体、コミューンへの志向が浮上している点が興味深いが、主題としてあるのは、隠遁者ギーの気が触れた振る舞いによって、因習に束縛されつづける村の人々のうちで喚起される「新しい時代」への覚醒である。

森の奥に隠遁したギーと、非転向の地下生活者である曾祖父の弟は一対の関係にある。彼らはふたりとも、隠棲している預言者のごとく共同体の外側の位置から「新しい時代」を招喚する役目を担うことで、共同体に本質的な変化と影響を与えうる存在である。

しかし、その影響力を行使し、「新しい時代」の可能性を切りひらいてみせるためには、彼ら自身の生を犠牲に供することが必要になる。彼らは言葉によってではなく、自らを犠牲にしてはじめて他者や世界に変革を起こすことができる。

森に隠遁せよ！　というギーは焚火の炎に飛び込まなければならず、曾祖父の弟は地下倉で地獄の炎に焼かれつづけなければならなかった。この犠牲と新しい生の覚醒をめぐる関係は、以降の大江作品の中心的な構造を形作っていくことになる。

『万延元年のフットボール』から二十年後の一九八七年、昭和の終わりに発表された『懐かしい年への手紙』は、大江の代表作とされる作品であり、後期の仕事のはじまりに位置づけられるものだ。

このふたつの作品の間にも大江は旺盛な創作活動をつづけている。炎のなかにダイヴィングをすることで救世主になったギーに障がいのある子どもを重ね、パロディやスラップステックの手法を駆使し親子が入れ替わるというSF的な作品『ピンチランナー調書』(一九七六)、私小説的な装いで、我が子との共生を描いた連作『新しい人よ眼ざめよ』(一九八三)など、大江自身にとってもおそらくは幸福で充実した作品のほか、連合赤軍事件と並走するようにして書かれた『洪水はわが魂に及び』(一九七三)など、それまでの主題を押しひろげていく野心作に事欠かない。

他方、政治的なイシューに対する積極的な立場の表明や具体的な活動も継続している。『沖縄ノート』(一九七〇)を筆頭に、現実の政治や社会に関わる時事的な評論やエッセーはもとより、内外での文名の高まりによって国際会議への出席や各地での講演を積極的にこなし、ソルジェニーツィンや金芝河《キムジハ》の釈放のための活動にも参加している。

『懐かしい年への手紙』は、大江がそれ以降の創作の中心に据えることになる、森に囲まれた谷間の村サーガの導入となっている。生まれ故郷の四国の村を世界の総体としての小宇宙ととらえ、そこを起点にして現実と虚構を交えながら、現在と過去を跨《また》ぐ幾筋もの繰り返しを含んだ物語を生み出していくという、大江の後期のスタイルはこの作品から本格的にはじまる。

この物語の中心人物であるギー兄さんは、谷間の村サーガの媒介者である。語り手である「僕」=Kちゃんが、幼少期からの「師匠《パトロン》」的な存在であるギー兄さんの生涯を辿っていく筋立てであるが、「僕」は遠景に退き、ひとつの歴史を記述する者としての役割を担っている。

小説においてどのように物語を語るのかについて、さまざまな試みが本格的にはじまったのもこの作品からである。語り方への作為は、小説そのものを成立させている根本的な要素であるだけに、作家にとっては作品を生かしもし、殺しもする諸刃の剣でもある。

東京の大学を卒業した後、谷間の村に戻って、ダンテを読むことを生活の根本においていたギー兄さんは、六〇年安保闘争に巻き込まれ、右翼の暴力団に襲われて大けがを負ったことをきっかけに帰郷し、代々所有する広い土地を利用して村の若者たちとともに林業や農業の地場産業や文化事業を興すため「根拠地」運動をはじめる。

村の若者を中心とした共同体である「根拠地」の活動が軌道に乗ってくると、ギー兄さんは東京で作家をしている「僕」とその家族を呼び寄せるため資材を投入し、コミューン「美しい村」の建設に向けても動き出す。ギー兄さんは、「僕」に都会での暮らしから離れ、障がいのある息子とともに、故郷に戻り、村の歴史を書いて暮らすように誘う。

しかし、痛ましい事件が起こる。東京から村に移り住んでいた劇団出身の女性が死んでしまうのだが、ギー兄さんがその犯人として取りざたされる。事件の真相が不明なまま、ギー兄さんはなぜか一切の抗弁をせず、女性に対する強姦殺人の罪を認め収監されてしまう。約十年間、刑に服して戻ってきた彼は村で孤立し、人々が去ってしまった「根拠地」運動もあえなく挫折する。

時を経て、ギー兄さんは、かつて夢見たコミューン「美しい村」の跡地である「テン窪」に人造湖を作る計画を立てる。堰堤《えんてい》の建設にとりかかるが、下流に住む住民との対立が生じる。堰《せ》きとめた鉄砲水によって村が全滅してしまったという「オシコメの復古運動」という古い伝承の再現を恐れた村人たちと、ギー兄さんとの対立はしだいに深刻になっていき、反対運動が起こる。ギー兄さんと村人との不穏な関係を心配した「僕」は、東京から谷間の村に帰郷するものの、具体的なことは何もできないでいる。

村人との対立が激しくなっていく一方で、ギー兄さんは病に侵されはじめる。しかし彼は、「自分が鉄砲水になって突き出す。その黒ぐろとしてまっすぐな線が、つまり自分の生涯の実体でね、世界じゅうのあらゆる人びとへの批評なんだよ」と言って人造湖の建設を譲ろうとはしない。

そしてギー兄さんは、ある日過激な反対派によって襲撃され命を落としてしまう。あくる朝、殺されたギー兄さんの死体が人造湖に浮かんでいるのが発見される。

『万延元年のフットボール』では、百年の時をつなぎ、傷ついた兄弟の邂逅の場としてあった谷間の村は、『懐かしい年への手紙』では、「永遠の夢の時《ジ・エターナル・ドリーム・タイム》」という宇宙観・世界観が存在する中心的な場として描かれている。「永遠の夢の時」とは、オーストラリアのアボリジニに伝わる「はるかな昔の「永遠の夢の時《ジ・エターナル・ドリーム・タイム》」に、大切ななにもかもが起った。いま現在の「時《タイム》」のなかに生き死にする者らは、それを繰りかえしているにすぎない」という宗教的な想念であり、世界各地のさまざま土着信仰に見出せる前近代的な集合的精神性とでもいえるものである。

また別の個所では、「ギー兄さんが「美しい村」にかさねて、柳田国男からの引用として使っていた懐かしいという言葉に、僕は年という言葉を加えて、あたかも地図の上のひとつの場所のようにとらえ」とあるように、大江は柳田民俗学が喚起するイメージも複合的に導入することによって、そこで生き死にし、語り継がれる生命の転生の物語が生起する聖なる場、故郷の森こそが世界の中心だとする世界観を構成しようとしている。

> ギー兄さんは、村の年寄りたちと同じように、やがては魂が森の高みの樹木の根方に帰ると信じているからね。（略）死んだ後の魂が森と結んでわかちがたいというのならば、森のなかの「永遠の夢の時《ジ・エターナル・ドリーム・タイム》」の規範から、この現世での生も影響を受けずにはいないよ。つまりギー兄さんは生きている間も、森の「永遠の夢の時《ジ・エターナル・ドリーム・タイム》」に地下茎をつなげているのだから
> （『懐かしい年への手紙』）

谷間の村は総体としての人間を癒す力の磁場であり、そこに属する人間にとって生と死を包摂してくれる原初的かつ根源的な時空間として描かれる。それを信じるギー兄さんは、外部との媒介者として村にコミューンを作ろうとするが失敗し、現世での罪と傷を背負いながら、孤独な生

き直しを試みている。

ダンテを読みながら谷間の村でひとり生を全うしようとするギー兄さんは、村を出て東京で華やかな作家生活をし、また現実の政治運動にもかかわっている「僕」を励まし、かつ批評する存在でもある。「僕」は幼少時の師匠であったギー兄さんから勧められたように、歴史家になって村で生きていくということを思いながらも、彼の期待と度重なる勧誘を拒絶し、都会での暮らしに執着している。

大江自身、故郷の村に根差してダンテを読みながら生を送るギー兄さんを、「僕自身のそのように生きるべきであった理想像」の投影であると述べている通り、「僕」と「ギー兄さん」は作者の分身である。自己をふたつに分裂させ対峙させる自己対話という方法は、『万延元年のフットボール』と同じである。しかし、この作品では鷹四と蜜三郎の間にあった緊張は感じられない。また両作は主題や構造においても類似している。作中でも語られる通り、炎のなかに跳びこんで死んだ隠遁者ギーに擬《ぎ》して、「自分が鉄砲水になって突き出す。その黒ぐろとしてまっすぐな線が、つまり自分の生涯の実体」だとしてギー兄さんは命を落とす。自らが犠牲になることによって、世界への批評としての主体的な存在に転生し、人々の覚醒を促すことで、「僕」とギー兄さんの間を分かちつつ救済する、ありえたかもしれないもうひとつの生として新しく生き直される。そしてそれゆえにギー兄さんの生と死は、谷間の村の時空間に包摂されることを許される。

このギー兄さんの犠牲的な生のあり方と、「僕」を含めた残された世界で生きつづける者との邂逅という構造は、『万延元年のフットボール』における、自死した鷹四と地獄を抱えて生きる蜜三郎を救済した曾祖父の弟の生との連続のなかにある。

ふたつの死と閉じられたもの

しかし、二十年を経て書かれたこのふたつの作品には、ある重要な転換が生じている。上半身を柘榴《ざくろ》のように血に染めた鷹四の惨めでしかなかった死と、「永遠の夢の時」のなかで美しく再生したギー兄さんの死、その転換がこのふたつの死の間に横たわっている。

大江は『作家自身を語る』において、本作を「精神的自伝」と語り、ギー兄さんの物語をダンテの『神曲』になぞらえて、「死と再生」つまりいかに生き直せるのかが実人生においても時代においても求められる主題であると述べている。

自ら罪を負い、理想も潰え、最後は理不尽なテロリズムの暴行によって殺され、湖に投げ棄てられたギー兄さんの損なわれた生と死はたしかに無残である。だがしかし、ギー兄さんは、その死後、彼を愛する者らによって弔《とむら》われ、谷間の村という宇宙的な世界に還り、癒され、新しく生まれ変わることができる。彼の死は、「黒ぐろとした鉄砲水」として世界に対してどのようにありえたのかということよりも、「永遠の夢の時」によって転生することだけがあらかじめ決められているのだ。

ギー兄さんの生と死の物語は、予定調和としての救済と再生への物語に書き換えられていく。ここで描かれる死は、果たして死そのものなのだろうか。そこではなぜギー兄さんは死なければならなかったのか、という問いが放棄されてしまっているかのように見える。死んだ魂と故郷の森を結ぶ「永遠の夢の時」の求心力が、ギー兄さんの死が発する生々しい問いを見えなくさせてしまっている。

『万延元年のフットボール』の中心で疼《うず》いていたのは、「「本当の事」をいおうか?」という問う者の血を流させる問いであった。それは『こころ』の「先生」が遺書に残した「本当の事」とも通底する問いだ。それは暗がりに潜んだままの人間の生を揺さぶってやまない鼓動であり、言葉ではあらかじめ言いえぬ叫びである。問いであって答えでない何か。リアルな生と切り結ぶ痛み、固有のものでありながら普遍的な生の疼きである。

「本当の事」が導いたのは、いかに卑劣で痛みの多い生であったとしても、そこから離れず引き受けて生きるほかないという敗者の決意にほかならない。鷹四が告白した裏切りや禁忌は極めて個人的で眼を背けたくなるほどグロテスクでありながら、その愚かさと切実さゆえに、より純粋に魂の救いを求める暗い真っ直ぐな情動は、戦後日本の現在進行形の時代性と共鳴するものがたしかにあった。一方のなすすべもなく暗い穴で閉塞する蜜三郎の惨めさもまた読む者の日常を容赦なく問うてくるという点において、戦後社会の生のありようを映し出していたといえる。

そこで描かれた死は自己破壊と暴力にまみれ、救いがなく、それゆえに、あるいはそれと引き換えに「本当の事」は本当の事たりえた。そこにはたしかに大江文学の最大の特徴である「時代＝状況との緊張関係」（黒古一夫）があった。鷹四と蜜三郎という大江自身の物語を、戦後日本の時代の物語として重ねえたのは、そこに時代と切り結ぶ問いが存在していたがゆえである。

ところが大江は、「本当の事」という問いを手放してしまった。時代＝状況と拮抗するために対峙したはずの固有の生に根差した切実な問いを、『懐かしい年への手紙』では故郷＝谷間の村に預け、「循環する時に生きるわれわれ」への「懐かしさ」というものに変換してしまったのだ。非転向の苦しい地獄とともにあったはずの物語は、「永遠の夢の時」のなかでの神話（歴史）として記述され、美しい救済と再生の物語となって濾過《ろか》されてしまった。

ギー兄さんの死後、「僕」はそれまでの小説の草稿を燃やし、ギー兄さんがまとめた森の昔語りの記録を基に「森のなかの村の生成と発展ということを、神話と歴史をからめた具合に書こう」と決意するに至る。

多くの論者が指摘しているようにこの作品は、周到な企みによる重層的な構造を持っている。それを支えるのが、大江の後期のスタイルともなった事実と虚構を交錯させ、メタ構造を駆使し、語りや記述を巧みに使い分けて書く方法である。

作家であり、障がいのある子どもと暮らしている語り手の「僕」＝Kちゃんはもとより、大江自身に関わる事実とおぼしき事柄や出来事が頻繁につづき、「僕」はそれらを検証しつつ記述していくのだが、大江の意図があきらかになるのは、自分の現実の小説作品をギー兄さんを通じて作中で批評し、書き換えを試みている部分である。

たとえば作中で、実際に三島から批判を受けた『個人的な体験』のラストシーンをギー兄さんを使って斜線を引きつつ添削させているが、それはとりもなおさず大江が自作のみならず、自分自身をも書き換えの対象としようとしていることを意味している。その試みの文学的な意義は別にしても、この作品は読者に彼の過去のテクストだけではなく、大江健三郎というテクストを読み、批評することをも求めていることになる。

この作品がいかに文学的に新しい地平を指し示しているとしても、あるいは大江自身のうちに小説の作り方の深化に対する内的な必然性があったとしても、作品の成り立ち自体が、作者に忠実な読者以外には、あらかじめ閉じられた小説となってしまっていることは否めない。それはやはりひとつの決定的な変化であるだろう。大江作品が時に難解だと言われる要因のひとつが、この作品から顕著になってきた、読者を選ぶことになってしまう閉鎖性にあることは疑いがない。

『万延元年のフットボール』から二十年。昭和の終わりに書かれた『懐かしい年への手紙』。ふたつをつなぐ主題の連続性とその間に生じた変化は、大江が自らの生と時代とを結ぶ問いの所在を見失ってしまったことと無関係ではないだろう。

時は循環するようにたち、あらためてギー兄さんと僕とは草原に横たわって、オセッチャンと妹は青草を採んでおり、娘のようなオユーサンと、幼く無垢そのもので、障害がかえって素直な愛らしさを強めるほどだったヒカリが、青草を採む輪に加わる。陽はうららかに楊の新芽の淡い緑を輝かせ、大檜の濃い緑はさらに色濃く、対岸の山桜の白い花房はたえまなく揺れている。(略)

ギー兄さんよ、その懐かしい年のなかの、いつまでも循環する時に生きるわれわれへ向けて、僕は幾通も幾通も、手紙を書く。この手紙に始まり、それがあなたのいなくなった現世で、僕が生の終りまで書きつづけてゆくはずの、これからの仕事となろう。(同前)

小森陽一が『懐かしい年への手紙』の「解説」で指摘しているように、この作品が「『万延元年のフットボール』をめぐる批評と書き換えの「物語」になっている」とするなら、谷間の村の「永遠の夢の時」によって、ギー兄さんとしての鷹四は悲嘆や苦悩ではなく、癒しと甘美な再生の物語のなかで救済され、「僕」＝Kちゃんとしての蜜三郎は、谷間の村の歴史を特権的に記録する者として、心安らかに肯定できる生を獲得するという物語に変換されることになる。もはやそこには暗がりで地獄を抱え、近しい死者とともに血の通った声を発する者はいない。『万延元年のフットボール』によって自らの戦後体験を締めくくり、内なる「遅れてきた」青年を克服したことは、大江にとってはそれまで持続してきた問いを失うことでもあったのだ。

作家が問いを手放したのか、問いが作家から離れていったのかはわからない。作品の最後を締めくくる文章に表れた、大江には珍しい情緒的で穏やかな美しさは、おそらく本人にとっては切実なものでありながらも、時代との緊張関係を支えたかつての問いが閉じられ、あるいは癒され、消え去っていくさまを表しているように思えてならない。

昭和の終わりを締めくくった『懐かしい年への手紙』の後、すなわち一九九〇年代以降、大江は「はっきり行き詰まっている、社会の大きな転換のなかで手も足も出ない。そうした気持ちがそれまでに増して強かった時期」(『作家自身を語る』)であったと述べている。

連合赤軍事件とオウム事件をつなぐ――『燃えあがる緑の木』

『懐かしい年への手紙』の六年後、一九九三年に『燃えあがる緑の木 第一部「救い主」が殴られるまで』が刊行された。その後、第二部の『揺れ動く(ヴァシレーション)』、第三部の『大いなる日に』と、この長大な三部作が完成したのは一九九五年三月だった。オウム真理教による地下鉄サリン事件と同じ月である。若者たちが新興宗教を興す物語であるこの作品が世に出たと同時に、現実の若者たちが戦後未曾有のテロ事件を起こし、社会に混乱を引き起こし、多くの命が奪われた。小説と現実との共時性は、当然のことながら評判を呼んだ。

九〇年代は、世界および戦後日本を考える上で重要な時期である。冷戦終結と湾岸戦争の勃発によって幕を開けた九〇年代の日本は、バブル崩壊にはじまり、細川内閣の誕生による五五年体制の終焉、九五年には、阪神・淡路大震災、神戸連続児童殺傷事件、地下鉄サリン事件、沖縄米兵少女暴行事件、村山談話、経団連の「新時代の日本的経営」の提言、翌年には「新しい歴史教科書をつくる会」の旗揚げ、九七年は山一証券や北海道拓殖銀行が破綻《はたん》するなど、エポックメーキングな事件が次々と起こった。

敗戦による「ねじれ」と、他国の死者に対する謝罪の問題を提起した加藤典洋の『敗戦後論』をきっかけに思想界でも戦後に関する議論が巻き起こった。大澤真幸はオウム真理教事件をきっかけに一九三〇年代と一九九〇年代を二つの時代をパラレルなプロセスととらえ、九〇年代を新しい「戦前」とみる考察を提示し、戦後思想の枠組みを再構築する試みを展開した（『戦後の思想空間』）。

それまで曲がりなりにも安定していたはずだった日本社会の地殻変動がはじまったともいえる九〇年代は、戦後の日本が見て見ぬふりしてきたものが行き場を失った地下のマグマのように一気に地上に噴出した時期であった。人々は不穏な空気のなかで、過去のなかに押し隠していた歪みや矛盾、乗り越えたと思い込んでいた戦後というものをふたたび現在のなかでとらえなおさざるをえない状況にさらされていた。

とりわけバブル崩壊後に誕生した、ロスジェネ世代と呼ばれる当時の若者たちが直面した生きづらさや、オウム真理教に表象される若者たちの精神の渇望やそのあやうさは、いまなお現在を穿つ問題として持続している。

『懐かしい年への手紙』で、大江は谷間の村を舞台に損なわれた生の救済と再生を主題にしていたが、この三部作においても同様の構成と主題を持続させている。「大きい宗教というべきものはない」時代に、「宗教的な集団からは離れたところで、自分たちだけの言葉で祈る集団、そしてその成果を社会的な集団の行動にも現わす若い人たちの話」(『作家自身を語る』)として構想されたこの作品の背景にあるのは、大江自身が述べている通り、七〇年代の先鋭的な学生運動にかかわった若者たちの精神的遍歴への共感であろう。

六〇年安保闘争が挫折した後、七〇年の安保改定に向けてふたたび全国の大学で反対運動が起こった。しかし、六〇年のときのような一般市民をも含んだ関心のひろがりはもはやなく、運動の主体は一部の学生や新左翼グループが担った。彼らはしだいに先鋭化し、全学共闘会議(全共闘)が東大の安田講堂を占拠するなど、急進的で暴力的な若者たちが社会の耳目をひいた。その後、一部の集団が過激化、武装化し、連合赤軍事件が起こり、あさま山荘での機動隊との銃撃戦や、「総括」という名の仲間うちでの壮絶なリンチによって十四人ものメンバーが殺され埋められるなど凄惨な事件が世を震撼させた。

七〇年代の学生運動とその結末は、いわば六〇年安保闘争の残滓《ざんし》ともいえるものだ。戦前戦後の思想の一角を担ったマルクス主義の理念が内包していた社会と自己の変革という理想は潰え、高度経済成長による消費社会が現出し、連合赤軍事件以降、市民社会においてもはや革命という言葉は内ゲバや破壊行為などの反社会的な暴力や、若者のナルシスティックで非現実な戯言《ざれごと》を表象するワードでしかなくなった。

六〇年安保闘争で自己と自己を超越するものとのはざまで若い心身を燃焼した大江にとって、七〇年代の過激な若者たちの振幅の大きな精神の揺れ惑いと、彼らの命がけの行動とその悲惨な結果である一連の事件は、見過ごすことができない出来事であったはずだ。

大江は、神なき現代の日本において若者たちが「自分たちの運動をつうじて追い詰められていくということが、起こってしまった」と述べ、出来合いの信仰によってではなしに、素手で生に向き合おうとした彼らの閉塞感と不安、そしてそれに抗う激しい情動に、「遅れてきた」者として戦後の生を更新してきた自身の姿を見たに違いない。大江が共感をもって感得していたのは、自己の煩悶を開放してくれる何か大きなもの、普遍的なものとの邂逅を渇望しつつ挫折していった若い世代の懊悩《おうのう》であるが、それはとりもなおさず、大江自身の「魂のこと」の中心にあるものと共鳴していた。

七〇年代の若者たちの政治活動から着想されたこの作品が、期せずして九〇年代のオウム真理教の事件との共時性をなしたのは、オウム事件と連合赤軍事件に表象されるそれぞれの時代の若者たちの生をめぐる葛藤と悲劇が、四半世紀を超えてなお、戦後を生きる若い世代に共通するひとつづきのものであったということを示している。

そういう観点でとらえた場合、『燃えあがる緑の木』という作品は、九五年という戦後の臨界点で完成された、極めて戦後的な作品であるということができるだろう。

『燃えあがる緑の木』とオウム事件と同様に、虚構と現実が重なるという事象がかつて生じたことがある。一九七三年に刊行された『洪水はわが魂に及び』は、まさにその執筆中にあさま山荘事件が起こった。当時三十代後半の大江は、若者たちが追い詰められて、暴力によって国家と対峙し破滅的な最期を迎える筋立ての作品を、同時進行する現実の事件に干渉されながら（実際にTV中継を見つつ書き直しながら）、リアルタイムで完成させていったという。

しかし、『燃えあがる緑の木』を書いた彼は、もはや破滅に向かって闇雲《やみくも》に心身を燃焼させうる若者ではなく、「遅れてきた」ことへの煩悶に突き動かされることもなく、問いの喪失に閉じられ苦悩していたとはいえ、障がいのある子との共生を中心に作家として多くの経験を積み、よくも悪くもすでに成熟を成し遂げていた。

問いの喪失から主題による物語世界へ

この作品では多様な人物が配置され、語りや構成に複合的な仕掛けや工夫、技巧を凝らし、さまざまなテクストの引用はもちろん、読者の読みを裏切りながら、前作さらにはそのあとの作品をも含めて谷間の村サーガの中心をなす壮大な叙事詩を作り出している。

作家個人の過去や現実の身の回りの出来事から、家族や知人、膨大な読書遍歴、自作の引用などがないまぜになって進んでいく物語世界は、多様性と全体性を志向している。にもかかわらず、作品の隅々にいたるまで作者・大江の面影が濃厚に感じられる。

大江の作品はそのいずれもが読み方によっては自伝的なものといえる。『万延元年のフットボール』も『懐かしい年への手紙』も『燃えあがる緑の木』も、いずれも大江自身の個としての生が色濃く刻まれたものであることは疑いえない。

しかし、これまで大江作品を読んできた読者は、この作品に触れて、ある変化を感じるに違いない。この長大な作品はこれまで書かれてきた物語の「ズレを含んだ繰り返し」として成り立っているが、かつてのように作者固有の生の問題の深まりを通じて主題が現れ展開されていく書かれ方ではなく、あらかじめ設定された主題のなかに個の問題が回収されていく書かれ方へと変化しているのだ。

主題と問いは似て非なるものだ。本来、主題というものは問いから生まれ、多様に変化していくものである。問いの生々しいアクチュアリティが、主題に血肉を与えていく。問いの支えのない主題は、固定化したテーゼに似ている。それは何事かを正しく明確に指し示しているようで、主のいない家のように、借り物の衣装のように、空虚さをまとい、本当の意味で誰かの生を揺さぶることはかなわない。

言い換えると、作品自体が固有の問いを立ち上げていくやり方ではなく、すでに目の前に用意された主題への回答として作品が書かれていくとでもいうような転換がこの作品では生じているのだ。その変化は作家にとっても作品にとっても本質的な違いである。それは作家としての成熟のなせるわざであると同時に、作品を成り立たせ、時に破綻させ、動かしていくはずの作家固有の問いを引き寄せられていないということでもある。

損なわれた生の救済と再生。これが前作の『懐かしい年への手紙』、さらに遡って『万延元年のフットボール』から大江が追い続けたもの、つまり戦後から現代をひとつの時代としてつなぐ主題であった。鷹四を通じて露わにした「本当の事」は、この主題を鍛え上げる問いの総体であった。そこに込められたどうしようもない精神の渇望、煩悶は、それゆえにとらえ難く揺れ惑い、読者にさまざま読みを誘発してやまないものだった。一方、「永遠の夢の時」が示しているのは、問いが漂白された後の主題そのものへの応答にほかならない。

『懐かしい年への手紙』の連作・後日譚としての『燃えあがる緑の木』において、大江は彼自身の「魂のこと」に根ざす問いを失ったにもかかわらず、救済と再生という主題によって物語を構築し直すという、彼にとってはおそらくは新しい試みに踏み出しているかに思える。

その企みはこの作品の語り手である「私」＝サッチャンという存在に端的に表れている。サッチャンは谷間の村で男性として生まれ、村の長老であり語り部の「オーバー」の下で暮らし、性転換をして女性になることを選び取る。やがて「救い主」となったギー兄さんと結ばれ、彼の子供を育てる役割を担う。物語は「オトコオンナ」である両性具有のサッチャンの揺れ惑う「魂のこと」の個人史でもありながら、「救い主」を巡る「大きい物語」を生きた証人として「私」＝サッチャンが記述した歴史でもあるようになっている。

> 私はその物語の中心にギー兄さんの不思議な受難とその乗り越えが位置する、と書いた。またその物語の一部を自分の身の上に生きることで、私がついにはどのように自由になったか、をのべたいと思う（『燃えあがる緑の木』、傍点引用者）

すなわち、サッチャンとは小説を成立させている諸要素が集約された機能、言い換えると損なわれた生をいかに生き直すかという主題そのものが多義的に翻訳された主体であり、かつ主題そのものをナビゲートする存在としてある。これまでの語りの主体であった作者としての固有の「私」に含まれていた揺れ惑いが、この作品ではサッチャンという主題としての機能に置き換えられているのだ。

物語は、ひとりの青年が谷間の村で教会を建て「救い主」と呼ばれるようになる、その誕生から死までの一代記である。

その青年は、東京の大学に通っていたときに過激な政治活動にかかわってしまい、「魂のこと」をしたいと願って父親の故郷である谷間の村にやってくる。村の長老の「オーバー」から後継人と認められ、「ギー兄さん」という名前を継承した彼は、(『懐かしい年への手紙』での)さきのギー兄さんの事業を継ぐ形で村の若者たちと「森の会」を結成して農場を経営しはじめる。また、「オーバー」の死後、その魂を受け継いだとされる彼は、手をかざしただけで病いを治療するという不思議な力を発揮する。村の人々から「救い主」と崇められ多くの人が集まってくる一方で、その治癒力を偽物だとして糾弾する人も出はじめる。

この新しいギー兄さんを巡る動きを怪しみ、村から排除しようとする勢力から糾弾され、彼はさきのギー兄さんが襲われた人造湖の堰堤で殴られ負傷してしまう。それをきっかけとしてサッチャンはギー兄さんを「救い主」と認め、ふたりは結ばれる。そして彼らは新しい教会をはじめる。

彼らの教会には神がいない。教義もない。超越的な力の存在を感じることもない。ただ、おのおのがそれぞれのやり方で「集中」と呼ばれる瞑想を重ねる寄りあいの場としてはじまる。彼らは「いろんな書物から、映画や演劇や歌の一節からさえもさ、意味のある言葉を集めてきて、コラージュのようにして、この教会の「福音書」を書くことにしよう」と言い合い、実践していく。

彼らの活動は村の内外で注視されるようになる。教会にはしだいに多くの人が集まってくるが、ギー兄さんは彼らへの期待に応える説教も、これからの教会のあり方も示すことができなくなる。言葉を失ったギー兄さんに失望したサッチャンは一時期教会を離れる。そんなとき、かつて敵対していた過激派セクトの一団から襲撃を受け、足を砕かれたギー兄さんは車椅子の生活になってしまう。

しだいに教会は大きくなっていく。軌道に乗り拡大していく農場経営、原子力発電所への行進、各地への布教など活動がひろがっていくにつれて、教団の方針や運営のやり方を巡って内部で対立が生じてくる。外部との軋轢もままならなくなってくる。またかつての過激派の一団も執拗にギー兄さんを付け狙ってくる。こうして教会は分裂の危機を迎える。

ギー兄さんは動揺する人々に対し口を開く。自分は神を見出す者でも奇跡を起こす者でもない。

「もし自分が新しいギー兄さんとして殴り殺されるとするなら、それはさらに確実に、より新しいギー兄さんがやってくる日の前触れであるだろう」と、自身に降りかかる厄災を予言し、それを引き受けることの意味を説く。

自分は「救い主」ではなく、ひたすら「集中」することで「魂のこと」を成就し、「救い主」につながろうとしているにすぎない。ギー兄さんがした決断は、自らが受難者になることだった。

受難と再生

農場を拡大し礼拝堂を建設したことはあやまちでした。本当に魂のことをしようとねがう者は、水の流れに加わるよりも、一滴の水が地面にしみとおるように、それぞれ自分ひとりの場所で、「救い主」と繫がるよう祈るべきなのだ。（同前）

ギー兄さんは教会の人々の前でこれまでのことを締めくくると、事務所を閉鎖し、建設されたばかりの礼拝堂を捨て、少数の者たちと巡礼の旅に出ることを宣言する。

突然「救い主」に置き去りにされ、見捨てられたと感じた多くの教団員の怒りと憤りを浴びながら、ギー兄さんが教会を出発しようとしたそのとき、押し寄せた「子弟を奪還する会」の父兄たちに取り囲まれてしまう。逃亡する教祖を阻止しようと、怒りのシュプレヒコールが沸き上がるなか、ギー兄さんは、車椅子を押して自ら群衆の前に姿を見せる。そのとき、覆面をした中年の男の一団からいっせいに投石を受ける。

それにもかかわらず、ギー兄さんは、車椅子から上躰をぐっと乗り出し、背後に伸ばした両腕で車椅子を支えていた。（略）その直立したギー兄さんの顔面と肩口から、二度三度血の飛沫《しぶき》がほとばしり、ギー兄さんはさらに両腕が翼の角度に見えるほど頭と上躰を突き出してから、頭に新たな投石を受けて崩れた。車椅子は、反動で五、六メートルもこちらに転った。その背には、砕けた西瓜《すいか》のような頭のギー兄さんをのけぞらせたまま。（同前）

彼は衆目のなか、投石を受けながらそれを避けることはせず、まるで攻撃者の標的になるかのように体を預けたあげく殺されてしまう。

しかし、彼の孤立無援の死は、教会と農場、巡礼団といった対立していた人々をふたたび結びつけることになる。

「私」＝サッチャンは、「救い主」が死んだ後の教会の最期の行事において、残された三百人の教会員に向かって説教をした禅宗の僧侶「松男さん」（彼もまた教会のメンバーである）の言葉を引用する。

「私にはイエス・キリストがよくわからないのです。しかし、ギー兄さんがついにあのような姿勢で果敢に死んでいかれたことの意味はわかります。かれはついにあのように自分を把え、あのように自分を表現し——それも肉体と魂ぐるみ、ということです——、他人のかわりに自分が死ぬ、という死に方を達成されたのです。（略）われわれは行進しましょう。さきのギー兄さんがいったように、鉄砲水になって突き出しましょう。黒ぐろとしてまっすぐな線になって！　しかし、愛とはまさに逆の、というのではなく、世界じゅうのあらゆる人びとへの、愛ゆえの批評として！」（同前、傍点引用者）

「他人のかわりに自分が死ぬ」という受難としての犠牲の生をまっとうしたことで、ギー兄さん自身が言った通り、「救い主」とは一回限りの存在ではないことが示される。「それまでのかわりの人間はみな、そのものの人間と重なる」、「綜合体としての、唯一のもの」、つまり「救い主」とは、人々の損なわれた生の救済と再生のために受け渡される複数の生、その循環する原理である。それは大江がいう神のない祈りを形象化させたものである。

人間は固有の存在でありながら、ばらばらではいられない。恐怖や惧《おそ》れ、悲しみや労苦、理不尽な暴力に損なわれたとき、あるいは引き裂かれた生の軛《くびき》のなかにいるとき、人は「魂のこと」を希求し、とらわれているものからの救いを求めようとする。しかし、「魂のこと」は礼拝堂を建築し、水の流れに加わることで成就するのではない。人々がそれぞれの場所で「一滴の水が地面にしみとおるように」その祈りを実践したとき、それを神と呼ぼうが呼ぶまいが、われわれの生がそれによって支えられる何ものか大きなものが立ち現れる、世界は変容する。それに向けて、Rejoice! と唱和しここからおのおのが旅立とう、そう記述する語り手の「私」＝サッチャン（彼女もまた救済と再生のイコンである）と、ギー兄さんとが結び合う幸福な関係は、主題とその応答という関係そのものとして完結する。

ひとりの青年が谷間の村で「ギー兄さん」となる。やがて生に苦しむ人々が彼のもとに集い、それぞれが「魂のこと」を目指し、新しい教会ができる。その中心にいた青年が、最後に悲劇的な結末を受難として引き受けることによって、人々の祈りを統合する「救い主」に連なることができる。

この受難と再生というテーマは、これまでの大江の作品にも頻出してきた。かつてそれは真に生きることができない者の、自らをまるごと包摂してくれるものを求める危険なダイヴィングという主題として自傷的な暴力を呼び込みながらナルシスティックな死への甘やかな魅惑と結びあっていた。やがてその志向は、断ち切られた生の連続性が破壊され失われたからこそ、個としての非連続的な死を超えて別の次元で新たな生を獲得し、より高次の生へ、超越的な生へと生成されていくというように、暴力への自家撞着的な依存から暴力による生の観念の醸成と犠牲として生のあり方の発見へと変化していった。

もう私は食われなければならないのかという自己対話も、森に隠遁せよと言って炎に飛びこむことも、非転向のまま地下で生きることも、黒ぐろとした鉄砲水になって村を襲うことも、自ら投石の標的になって死ぬことも、大江が繰り返し描き、深めてきた受難と再生というひとつながりの物語の型であった。その核にあったのは、言葉による自らの生の更新こそが世界の変容へとつながるという「新しい時代の作家」大江健三郎を支えてきた文学への信仰であろう。

『燃えあがる緑の木』は、それまで大江が描いてきた、損なわれた生の救済と再生という主題に答えるべく、最後の大きな物語として完成させようとした作品だといえる。実際『燃えあがる緑の木』は、最後の小説としての覚悟をもって描き上げられた。成熟した作家となった大江にとって、この作品は「手も足もでない」時代に対峙するための最後の小説となるはずだった。

大江が指し示そうとした、現代を生きる人間の精神のありようとその到達点は、大江健三郎という作家にとってはもちろんのこと、近代から戦後を経て、現在にまでつづくわたしたちの生のあり方をみはるかす地点でもある。それは明治の「新しい時代の作家」であった漱石が「淋しさ」と名付け、個と社会を覆う「恐ろしい力」と表現したものを乗り越える、戦後の「新しい時代の作家」としての大江なりの答えだといえよう。

最後の小説という言を翻した後、大江はさらに精力的に仕事を積み重ねていく。『宙返り』(一九九九)、『取り替え子《チェンジリング》』(二〇〇〇)、『憂い顔の童子』(二〇〇二)、『水死』(二〇〇九)などの長編をたてつづけに書き、谷間の村サーガを縦横に展開させながら、信仰と転向の問題、死生観、義兄であった伊丹十三の死から得た想念など、その主題の射程をひろげていった。

3・11後に希望を語ること――『晩年様式集』

大江のこれまでの歩みを振り返ってみれば、反原発の集会でマイクを持ち、八十歳を超えてデモ行進の先頭に立った彼の姿は、ハックルベリー・フィンからはじまって「広島的な人間」を経由し、地下で地獄とともにあった生、そして黒ぐろとした鉄砲水として時代の批評を体現しようとした者の、文字通り非転向と犠牲的な生に徹しようとした道の重なりを指し示しているかのように思える。

しかし、3・11の後、その歩みは、彼が希求しつづけてきた「魂のこと」としての新しい生に向かう道のりであったのだろうか。

日本は戦後最大の危機を迎えている――そう述べた大江は、3・11以後にこの国で生じたことに直面したとき、自らの生を支えてきたものが脆くも崩れ、損なわれたと感じたに違いない。それは彼自身のこれまでの長い歩みをなかったことにしてしまうほど大きな出来事であった。

にもかかわらず大江は書斎から路上に出て、群衆の前に立った。だが、ひとりの作家の切実な呼びかけを聞き取れる者はどれくらいいたのだろうか。彼が発した「戦後最大の危機」あるいは「子どもを救え」、そして何より「希望」という言葉は、どこに向かい、どこに届けられるものだったのか。その言葉を本当に欲しているのは誰だったのだろうか。

大江のいう「希望」の内実を問いたいのではない。3・11がもたらしたものの前で「希望」を語るとはどういうことなのか、まずはその問いに答えなければならない。

大震災の直後、日本にはかつてないほど「希望」という言葉があふれかえった。その言葉は死者への鎮魂や、生き延びた者のかなしみの声をかき消すかのように軽々と唱和され、奪われた花の黙した痛みよりもこれから咲く花を讃える歌が響き、絆と応援を押し付けるシュプレヒコールの前で当事者たちの嘆きは沈黙を強いられた。

戦後の原子力政策を総括し、事故の責任をあきらかにして被害の補償に尽くすことよりも、忘却と復興こそが正義となった。それはいつか見た光景だ。不正と金にまみれたオリンピックのために、半壊した原発を「アンダーコントロール」と世界に言い放った一国の首相も、チャリティーソングを歌う歌手やタレント、スポーツ選手も、同じように「希望」から免罪符を与えられ、誰ひとりその中身を問い返す者もなく、念仏のごとく「希望」という言葉だけを言い交わし、それ以外の言葉を失ってしまったことに無自覚なままだった。

いまや「希望」という言葉は、それを発する者がいかに生真面目であれ切実であれ、チープな歌謡曲のように消費されるか、シニシズムに絡めとられ嘲笑の対象になるか、政官財が画策する政策の推進や国益というイデオロギーのための政治的プロパガンダに変換され利用されるようになり、もはや実体のない空疎な言葉の残骸となってしまった感さえある。

大江はなぜ、いったいどこに向かって「希望」を語りつづけたのだろうか。

福島原発事故の直後、「自分の書いていた小説にまったく関心がなくなった」という大江は、原発事故の危機がリアルタイムで進行していた二〇一一年末から二〇一三年にかけて、『群像』に「最後の小説」となる『晩年様式集《イン・レイト・スタイル》』の連載を始める。

この作品は、読者にはすでに馴染みとなった大江本人を思わせる老境の作家・長江古義人が、震災直後からの身辺の出来事を東京の自宅と愛媛の実家のふたつの空間のなかで語っていく内容である。そこに妻、妹、娘という三人の女性たちの視点からの別の話が挿入されていく。

物語の冒頭に出てくるのは、東京の自宅で余震によって崩れた本棚を整理しつつ、テレビで福島の放射能汚染についての番組を見た「私」が、声を上げて泣く場面である。

私はあの時、いま階段の踊り場で憐れな泣き声を自分にあげさせたものが（それはこれまで味わったことのない、新種の恐怖によっての、追いつめられた泣き声であって）、テレビの画像という「言葉」で、いま現在の、そこの状態について、どんな物証もなく、知識もない私に告げられた真実によってだった、とさとった。もう私らの「未来の扉」はとざされたのだ、そして自分らの知識は（とくに私の知識などは何というほどのこともなかったが、ともかく）悉く死んでしまったのだ……（『晩年様式集』）

いままさに3・11を経験した「私」は、それまで書きつづけてきた小説に関心を失い、さらに本を読むことにも集中できなくなり、余震がつづくなか、テレビの前に昼夜坐りつづける。その後、物語はすでに中年になった息子のアカリとの暮らし、家族との対話、谷間の村への帰還など、後期の一連の作品群を反復するような内容がつづく。

過去の自作への言及や実在する登場人物たちとの対話に加え、三人の女性たちが、「私」という大江の分身である語り手の見方や解釈に異を唱え、過去の出来事を再構築していくなど、語ることと語られることの交錯、虚と実のポリフォニックな構成は、自己の語りと「私」そのものへの批評となっている。

大江がこの作品で試みているのは、自らの恐怖と悲痛の内実をつかみとることと、自身の生の全体に対する問いなおしである。「未来の扉」がとざされ、自分の積み重ねてきたものが悉《ことごと》く死んでしまった。過去の言葉は離れ、いまここの言葉も見出すことができない。できることは、過去に遡り自己を検証し、その意味を問いなおし、未曾有の危機のなかに立ち上がる新しい生をもう一度更新することしかない。小説というもの自体の再定義を通して、自身の現在と過去を書き換えようとする大江の試みは、かつての自己破壊的な「ダイヴィング」への衝動を思い出させる。それこそが、失語を強いてくる3・11以後の状況に対する大江なりの応答であったろう。

大江は、この作品でふたたび問いをつかもうとしかけている。3・11以後に「希望」を語ることはどういうことなのか、間もなくやってくるであろう自らの死後、遺された者たちの「希望」はどこに向かうのか。それは、戦後から最晩年にいたるまで大江が繰り返し追い求めてきた命題そのものだ。

しかし、その問いは、行き場を失い、結実することなく宙吊りになってしまう。

最後に語り手の老作家が、自作の詩の一節、〈私は生き直すことができない。しかし私らは生き直すことができる〉を引用し、その言葉に「ともかく希望が感じられる」と言い残したところで、小説は唐突に閉じられてしまう。

敗戦を告げる天皇の声を聞いた校長が、絶望のあまり子どもたちの前で、私らは生きなおすことはできない、と叫んだ。動揺する少年の「私」に対して母親が、「私は生き直すことはできない。しかし、私らは生き直すことができる」という謎めいた言葉を残した。老境の「私」はかつての母親の言葉に、いまここにいる固有の生、一回限りの生としてだけの私ではなく、死者と他者を含み込む未来の私としての複数形の私らにともかくも「希望」を託す。

大江の作家としての持続力は胸に迫るものがある。しかし描かれているのは、「希望」でも、「希望」を語ることでもなく、「希望」の残影でしかない。3・11の厄災がもたらした無数の苦しみと悲しみによって、「私ら」から排除され、嘆きと苦悶にとらわれ誰も答えることのできない問いをかかえた、分断された無数の「私」が「希望」というその美しい言葉の下に群れているのではないか。紙に書きつけられた「生き直す」という言葉など一片の慰めにもならず、「希望」など罪と傷を思い出せるものでしかないのではないか。

この作品が露わにしてしまっているのは、問いを手放し、問いから拒まれたあげく、繰り返される自己模倣によって出口なき場所をさまよう作家の痛ましくも倦《う》んだ遍歴の残滓《ざんし》である。大江文学の核でありつづけた「生き直し」は、デジャヴだけを残し、どこにも着地しないまま、それでも損なわれた魂の救済と再生を祈る。読後に残るのは、3・11後を覆う底の知れない不安と、喪失さえ失いつつある者の無力と悲哀、そして徒労感である。

かつて井伏鱒二の『黒い雨』を挙げて「希望を失う理由がない」と高らかに宣言し、「希望か絶望か、と問われる際には、僕はとりあえず希望の側に立ち、人間の威厳を信じる側に立つ」（『新しい文学のために』）と述べ、終生手放すことのなかった「希望」という言葉を、「最後の小説」のラストに、ともかくもふたたび書きつけるほかない、その全的な空虚さが作品全体を覆っている。

「「本当の事」をいおうか」という返り血を浴びながら時代と切り結んだかつての問いを失った作家は、「未来の扉」が閉ざされ「衰えた泣き声」を上げてもなお「子どもを守れ！」とシュプレヒコールをあげ、ただ空しく決意を持続させたまま、批判と嘲笑を浴びながら、孤独な姿で空虚な「希望」を語りつづけ、まさに「気難しく孤立している」。

人は新しい生を生き得る、自己の生を更新しつつ生きるという決意こそが「新しい時代の作家」大江文学を支えてきたものだった。しかし、本当に人の心をうつわたしの生の物語、ひとりの作家がそれを書きうるのは、生涯にただ一度のことではないだろうか。

彼は『懐かしい年への手紙』のなかで、自らの行く末を予言するかのような一節を書き残している。

作家は、一回限りの生の物語を、生涯にただ一度書くことができる。

地獄で殉死すると決意し、孤独な非転向の生者として時代と拮抗し、受難と再生によって時代に働きかけようとしてきた、かつての「新しい時代の作家」にとって、残された「一回限りの生の物語」があるとしたら、それはどのようなものでありえたのだろうか。

最後に唯一残されたことが、危機に絶望することでも、空虚な希望を語ろうとすることでもなく、まして谷間の村の「永遠の夢の時」に戻ることでもなく、作家自身が作品で描いてきた通り、自らの血肉を子どもたちに差し出すこと、あるいは罵倒し指弾する者たちの投石に無抵抗に身を投げ出すことしかないとするならば、その犠牲の生の物語を、受難と再生の物語として生き直すことによって彼は自身の生に決着をつけることができたのだろうか。自ら受難の炎に焼かれる老作家の断末魔の言葉は、はたして戦後を終焉させる3・11後の「新しい時代の文学」たりえたのだろうか。

その問いは、大江健三郎という作家の生の遍歴とその作品全体を貫き、3・11後の世界を生きるわたしたちに向けられている。

第三章
「新しい時代」の文学に向けて——3・11の「その後」をどう生きるか

一　3・11が生んだ「その後」

「ガレキのことばで語れ」

惨禍の一瞬がわたしたちの生を
「その前」と「その後」とに分断した
なぜかれらは（きみたちは）そんなに
平静なのか　平静でいられるのか　と

ある知り合いのフランス人が言った
呆れたように　なじるように
そう見えるだけだよ　とわたしは答えた
しかし　もし平静と見えるのなら
それはとても良いことだ　とも
なぜなら「その後」をなおわたしたちは
生きつづけなければならないから　（「afterward—2011・3・11」　松浦寿輝）

東日本大震災の後、日本人のふるまいは外から見ると奇異に映ったのかもしれない。パニックも暴動も起こらず、ひたすら礼儀正しく嘆き悲しむ姿が海の向こうからは平静と見えたとしても不思議ではない。

しかし、それはそう見えただけだ。震災直後、大江健三郎は、「自分の書いていた小説にまったく関心がなくなった」と述べ、小説の語り手に「もう私らの「未来の扉」はとざされたのだ」と語らせたが、書くことそのものに危機と無力感を感じ、失語状態に陥った作家は少なからずいた。「その前」と「その後」の分断を前に、作家たちをとらえた書くことに対するとまどい、失意、言葉の喪失の要因は重層的であったろう。しかし、彼らの前にまず立ちはだかったのは、書く主体そのものの揺らぎであった。何をどのように書くかという作家にとって慣れ親しんだ問いではなく、それ以前のそもそもわたしに書く資格はあるのかという自問、あるいは書くことへの罪悪感である。

大津波が街も人も生きたまま呑み込みすべてをさらっていった後、わたしたちは死者と生者に分断された。死者は理由なく命を奪われ、何も語ることはできず、生者もまた筆舌に尽くせない痛みを刻まれ、無言の死者を前に、生きていること自体への罪（サバイバーズ・ギルト）を背負った。死者と生者を分かつ言葉は見つからず、その境界を見つめることは、行き場のない怒りや苦しさ、痛み、後悔、心を抉《えぐ》る記憶を思い出すことでもあった。

このような阿鼻叫喚《あびきょうかん》が行き交うなかで、普段言葉を発することを生業《なりわい》としている作家たちが、口々に失語なり失意を語るのは無理もないことだ。「その前」と「その後」の分断を前にして、何を書けるのかについてつぶやき、お互い慰撫し合うことも大切だろう。しかし、そうではない表現者もいた。失語という便利な言葉を発することを自らに禁じた詩人の言葉をここに書き記しておきたい。

ガレキの前で
ことばがないなどとは言うな

（略）
ガレキの中を歩けば
とげとげしく突き刺すガレキのことばが
容赦なく生き身の身体を
四方八方から襲い
八つ裂きにし
たまらず　傷口が
ふつふつと湧く虚なことばで溢れだす
ところかまわず狂い咲く
そこまで
どっぷりガレキに浸かるまで歩いて探せ
ことばがないなどとは言うな
ことばで語ることができないならば
ないことばで語れ
ガレキのことばで語れ
ガレキの涙のことばで語れ

そこに遺影がある
ことばの
遺影がある　（「ガレキのことばで語れ」照井良平）

作者の照井良平は、岩手県花巻の市井《しせい》の詩人である。ことばがないなどということを軽々しく言うことを許さず、それを飲み込んで、それでも語ることを強いているこの詩は、当事者が自らの苦しみを理解していない傍観者を非難するために書かれたものではもちろんない。当事者が持つある種の〝特権性〟が、非当事者を責めているといった構造のものでもなく、むしろそれとは正反対のものだ。

詩人は語ることばを失った自分自身に向けて書き付けている。詩人は誰よりも、震災が我が身から奪ったことばの重みをわかっている。だからこそ、ことばがないという身に迫った状態を、ないことをないと、そのまま言ってしまうことの裏にある欺瞞と逃避を自らに戒めているのだ。ないことばで語れ、という詩人の絶唱には、奪われ失われたものの大きさと、自己を含む生者への怒りと苦しさが溢れている。

当事者であるかどうかは自明のものではない。また当事者性のヒエラルキー化も本質的なことではない。そのことを経験したかどうかだけが当事者と非当事者を分かち、そのことをどれくらい、どのように経験したかが当事者を順位付けするということでもなく、そのことを主体として引き受けた（引き受けさせられた）かどうか、さらにはいかに引き受けたかが問題なのだ。

震災の地の詩人によって書かれた詩ゆえに読まれるべきなのではなく、この詩人が自らを賭けて震災が生んだそのことを引き受けようとしているからこそ、すなわち壊されたところからふたたび書く主体を立ち上げようと声を上げているからこそ、ひろく読まれるべきなのだ。

未曾有の天災、そして人災がわたしたちを襲った。巨大な津波が何もかもを呑み込みさらっていった後の凄絶な光景に加え、福島第一原発がメルトダウンし、水素爆発した映像をなすすべもなく見たとき、わたしたちに去来していたのは、三十七年前のチェルノブイリ原発事故の悲惨であり、七十八年前の空襲の後の一面の焼け野原であり、夏の広島と長崎の空を覆ったキノコ雲だったのではないか。

それらの記憶と、いまここが結びついたとき、わたしたちの前には、想像すらできないおそろしい未来が去来したはずだった。

今日の雨に　昨日のキャベツに
シャベルで掬った日曜日の砂場に
今朝の深呼吸に

毎日チリのような放射能を吸って
体の中から　いつまでもいつまでも
クリオネのように　蒼白く放射能の光を発する
私たちも　すべてのヒバクシャ

そのチリが
今日の君の柔らかい頬のDNAをとらえ
変異を起こさせたら
君にはどんな未来があるの
私の息子よ　（「ヒバクシャ」中村純）

「ヒロシマ、ナガサキ、そしてフクシマ／今二つ目を数えた」とつづけて書いた東京在住の詩人は、原発の爆発とそれによる放射能汚染の問題を、「ヒバクシャ」という言葉を通して自らの問題としていちはやく感得している。

放射能汚染の問題は福島だけではなく、関東一円に及んだ。枝野幸男官房長官（当時）が「直ちに健康に影響はない」と繰り返す一方、東京でも水道水が汚染され、食品からは放射性物質が検出された。あちらこちらでホットスポットの存在も明らかになり、子どもが遊ぶ砂場や落ち葉、道路脇など高濃度の放射性物質が溜まっている事実も知られるようになってきた。

福島第一原発事故等による避難者は四十七万人に上り、震災から十二年が経った二〇二三年三月の時点でも三万一千人が避難生活を送っている。この数値は把握できているもののみで、関東圏も含めた自主避難者を含めるとどれくらいの数になるのか見当もつかない。

とりわけ放射能の影響を受けやすい小さい子どもを持つ人たちは、家族であるいは母子でとるものもとりあえず住む場所を変えた。移住先での経済的な問題に加え、地域や家族間での放射能汚染についての意識の相違によって孤立や差別に追い込まれるケースが続出した。

出ていく人、残る人、双方の間でも深刻な分断が生じ、さらに「復興」や「応援」「絆」といったプロパガンダの洪水のなかで、原発と放射能汚染の問題は語りにくくなっていき、やがてタブー視されるようになってきた。フクシマ以外で、さらにいえば国家が認定した区域以外で、汚染を語ること、移住を語ることは、「風評」を流布することであり、「復興」と「絆」を損なうこととされた。

「君にはどんな未来があるの／私の息子よ」という詩人の呼びかけの声は、「ガレキのことばで語れ」という声とともに、地震、津波そして原発事故という3・11でわたしたちが経験し、いまにつづいている複数形のそのことを突きつけている。

自らの意思に関係なく、ある日突然、理不尽な暴力や厄災によって何事かの当事者になってしまうことがある。それによって望んでもいなかった苦しみや痛みを引き受けなければならないことがある。

一方で、受動としてだけではなく、自らが主体として引き受け、対峙する当事者性というものがある。書く主体もまた、選ばれることでも与えられるものでもなく、ましてどこかから拾ってくるものでもなく、いかなるときも自らの内側で立ち上げるほかないものだ。

困難があったとしても書かなければならない。書くことによってしか超えられないものがある。わたしに書く資格はあるのかという、書く主体への問いは、わたしは（あなたは）起こってしまったそのことの何を引き受けるのかという問いに変換しなければ答えることはできない。そして、そのわたし（あなた）への問いのたたかいのなかに、「その前」と「その後」の分断を埋める道筋があるはずだ。

それは、3・11という「新しい時代」の困難な現実を前にして、文学に何ができるのか、という問いかけでもある。

川上弘美『神様 2011』と書かれなかった『神様 202X』

「その前」と「その後」の分断をいち早く作品化したのは川上弘美である。『神様 2011』が発表されたのは『群像』の二〇一一年六月号。震災後すぐに世に出たこの作品は、震災後文学の代表的なものとしてすでに何度も論じられている。

川上は、くまと「わたし」が川原を散歩するほのぼのしたある一日を描いた一九九三年のデビュー作である『神様』をそのまま再掲した後で、同じ作品を部分的に書き換えたものを『神様 2011』と題して並列して掲載している。その書き換えられた部分に、「その後」の世界を映り込ませている。

作品の書き出しはこのようになっている。

くまにさそわれて散歩に出る。川原に行くのである。春先に、鴫《しぎ》を見るために、防護服をつけて行ったことはあったが、暑い季節にこうしてふつうの服を着て肌をだし、弁当まで持っていくのは、「あのこと」以来、初めてである。(『神様 2011』、傍点引用者)

「防護服をつけて」と、「「あのこと」以来」という部分が加筆されたところである。「あのこと」の詳しい説明は文中にはないが、人々が避難し、立ち入りができない場所ができ、防護服をつけた人たちが除染作業を行っていることからして、「あのこと」が福島第一原発事故のことを暗示していることはあきらかだ。

昔たくさんの人が泳いだり、釣りをしていたりした川原には、防護服をつけている人しかおらず、子どもは一人もいなくなり、くまがお土産にくれたはずの魚は川底の苔にたまるセシウムのせいで食べられなくなっている。そこはかつてと同じでありながら、まったく違う世界がひろがっている。

くまは「わたし」との散歩を終え、別れ際に、自前のガイガーカウンターで自分と「わたし」の全身を計測した後で、「抱擁を交わしていただけますか」と言う。


くまは言った。

「親しい人と別れるときの故郷の習慣なのです。もしお嫌ならもちろんいいのですが」

わたしは承知した。くまはあまり風呂に入らないはずだから、たぶん体表の放射線量はいくらか高いだろう。けれど、この地域に住みつづけることを選んだのだから、そんなことを気にするつもりなど最初からない。（同前、傍点引用者）

「わたし」とくまは抱擁を交わす。その後、「わたし」はシャワーを浴びて丁寧に体と髪をすすぎ、眠る前に少し日記を書き、最後に、いつものように総被曝線量を計算する。そうして「わたし」の「悪くない一日」が終わる。

一九九三年の『神様』と、二〇一一年の『神様 2011』。ともに「悪くない一日」を巡る、穏やかで平静なふたつの物語は、その間に決定的なピリオドが刻まれている。読者は「その前」と「その後」をつづけて読むことで、取り返しのつかないことが起こってしまったことを理解させられる。

「あのこと」が世界に何をもたらしたのか。何がやってきて、何が失われたのか。放射線量、避難移住、除染、子どもの被爆問題、食品汚染といった、「その後」として描かれている世界は、そのまま3・11で生じた現実の写生となっている。

あとがきで「静かな怒りが、あの原発事故以来、去りません」と書いた川上は、その後「むろんこの怒りは、最終的には自分自身に向かってくる怒りです。今の日本をつくってきたのは、ほかならぬ自分でもあるのですから」と続けている。「その前」と「その後」をつないだ「静かな怒り」。

どのような作家にとってもデビュー作はとりわけ大切なもののはずである。そこに込められた特別なものは、本人にとっては侵しがたい神聖ささえ帯びていることもあるはずだ。そのような作品を、川上は「その前」の世界、つまり汚され終わってしまった世界として自らの手で壊している。

川上の一九九三年の『神様』は、この先もうそのままかつてのように読まれることはない。それは「その後」の世界の物語である『神様 2011』を生み出すための犠牲として供された。そうとは知らないまま自らも加担して作った世界が、破壊と欺瞞を孕んでいたことへの驚きと悔い、そして「その後」を招いてしまった自分自身への怒りの代償として、川上は「その前」の世界を描いた作品を自分で終わらせざるを得なかったのだ。

静かではあるが、大きな怒りによって「その前」と「その後」を描いた川上は、書く主体の問題に逡巡するよりも前に、3・11を引き受けようとした「新しい時代の作家」であることは間違いない。

しかし、3・11を巡る「その後」は、さらに分裂していくことになる。ピリオドが穿《うが》たれたのは「あのこと」が生じた日だけではなかった。「その後」を巡っての時間の経過とともに生じてきた事象、あきらかになってきたものが、もうひとつの「その後」を招喚することになった。

『神様 2011』のなかで、くまに抱擁された「わたし」が、放射線量を気にしつつも、「この地域に住みつづけることを選んだのだから、そんなことを気にするつもりなど最初からない」と自らに言い聞かせる場面がある。それから十二年。二〇二三年のいま、この作品を読むと、なにげなく挿入されているこの一文こそが、「その後」に生じたこと、すなわちもうひとつの「その後」を正確にとらえているものとして立ち上がってくる。

二〇一二年六月、十五万人とも二十万人ともいわれる人々が首相官邸前を取り囲んだ。それは一九六〇年の安保闘争以来、半世紀ぶりの大規模なデモだった。党派によらない若い世代が中心となって連日シュプレヒコールが街頭に響いた。だが、一時は大きく盛り上がった反原発の動きが収束するとともに、待ち構えたように政と官、財界の原発推進勢力が力を盛り返し、巨額な復興予算が投じられるや政治やメディアは一転して「復興」と「絆」を謳い出し、さらに「復興オリンピック」への流れができてくるなかで、当事者たちはいつまでも悲しんでいることは許されずひたすら前を向くことを強いられるようになってきた。避難移住者たちは「風評」を体現する「非国民」視され、反原発は政治党派のイデオロギーに矮小化され、放射能汚染の問題もまたいつのまにか「語れない」ものとなってしまった。

　メディアに依存する表現者たちもこの動きに同調した。日本文学研究者で『震災後文学論』の著書がある木村朗子が、「原発について書くことは、得体の知れない禁忌をはらんでいる。原発安全神話が創られる過程で、原発の危険をいうどころか、原子力エネルギーの是非を問うことすらもタブーとなった。少なくとも原発は、語るべきではないと人々に了解される程度には徹底した忌みことばである」（『震災後文学論』）と述べている通り、原発と放射能汚染を忌みごとだといちはやく了解した既成の作家や評論家たちは、天災としての3・11がもたらしたものについては多くの言葉を費やしたが（その数も減りつづけているが）、人災としての3・11を描こうとする者はあくまでまれであった。

忘れることと、語らないことはよく混同されるが、このふたつは似て非なるものだ。人間は忘れる生き物である。それゆえに大事なことを忘れないために、記憶するために人々は意志的に語ってきた。語ることを通じて経験を受け渡してきた。忘れないためには、語られなければならない。だが、意志的に語らないということは、それをなかったことにするという意思表示でもあり、忘れることへの能動的な行為にほかならない。

3・11でわたしたちが経験した地震、津波、そして原発事故。これまでたしかに3・11を巡る多くの作品が書かれてきた。にもかかわらず、あれから十年以上が経過した「その後」の時代において生じたことは、忘れることではなく、語らないことと、語らないことへの暗黙の同調であった。多くの人々は、「あのこと」とともに生きるのではなく、「あのこと」をなかったことにすること、経験そのものを抑圧することを選ぶようになってきた。

それはすでに原発事故直後から生じていた。テレビで連日福島第一原発が白い煙とともに爆発している映像が繰り返し流れ、時の首相であった菅直人が、東京もだめになるかもしれないと考えたまさにそのとき、東京では福島方面から流れ上空に滞留していた雲から放射性物質を含んだ雨が降り注いでいた。店頭から食べ物、飲み物がなくなり、企業の駐在外国人がこぞって帰国し、放射能汚染の恐怖や移住といったことがいよいよ現実味を帯びていた。

「そんなことがここで起きるわけはない。マスコミやテレビが大げさに騒いでいるだけだよ。東京に人間が住めなくなるなんてことが現実に起こると思うか？ いま大切なことは平静でいることだよ」

これは港区の先端的な企業に勤めている知人が真顔で語った言葉だ。根拠があるかどうかではない。いま起こっていることが現実であるはずはない、本当はたいしたことではなく、大事には至らない、至るはずがない。彼らは放射能汚染も余震もないがごとくふるまうことしかできなかった。情報分析能力とロジカルさが基本素養であるはずのビジネスの世界の最前線に生きているはずの人間でさえいとも簡単に陥った正常性バイアスは、多くの人、とりわけ仕事を持って充足した社会生活を営んでいる人々に共通しているものだった。可能性としてたしかに目の前にあったはずのカタストロフィーは彼らにとってはフィクションでしかなかった。それはまさに日本特有の心性とでも言うべきものだった。

一方、放射能汚染の懸念がSNSによって小さな子どもを持つ母親たちを中心に関東一円にもひろがりはじめていた。葛飾の金町浄水場の水道水から一キロあたり二一〇ベクレルという放射性廃棄物の値を越える放射性ヨウ素が検出され、東京二十三区の乳幼児の水道水の摂取制限が出て、自治体は飲料のペットボトルを支給しはじめた。国は年間一ミリシーベルトという被爆限度を、子どもを含め二〇ミリシーベルトにあげた。厚労省の白血病の労災基準が年五ミリシーベルトである。メディアは「直ちに健康に影響はない」という言葉をそのまま繰り返していた。

乳飲み子を抱えたある母親が、いまここの現実に対する夫の無理解に激してフェイスブックで吐き捨てるようにつぶやいていた。

「きっと、日本中の原発が爆発しても、戦争が起こってもきっとそんなことは現実じゃないと思いながら、平気な顔してオフィスで普段通り仕事をしているのよ。そして死ぬ間際になっても、これは嘘だ、こんなことが起こるはずがないなんて思ったまま、あほみたいに死んでいくのよね。付き合いきれない」

いまそこで生じていることを我がこととしてとらえることができない、リアルに感じ取ることができない、しようとしない、その麻痺にも似た自己暗示の感覚があのとき東京を覆っていたものだった。

その後、事故の責任が問われないまま、脱原発を掲げていた民主党政権が方針を翻《ひるがえ》し、代わって政権に返り咲いた自民党は原発再稼働を規定路線とした。東京オリンピックの誘致を前に安倍前首相が、「汚染水はアンダーコントロールだ」と平然と世界に言い放ったとき、誰もがそれは事実ではないと知っていながら、その言葉と現実を巧妙に切り離し、「アンダーコントロール」という言葉に虚構としてのリアルを託し、あるいは起こったことは仕方がないという物わかりのよさと底の抜けた諦念を乗せ、平静さを保ちつづけた。

しかし、いくら政治家が「復興」と「絆」と「風評被害」をプロパガンダしたとしても、現実を改変することはできないし、魔法のように原発事故を終わらせることができるわけはない。どれほどマスメディアやタレント、御用学者を動員しても放射能汚染がこの世界から消えてなくなるわけはない。わたしたちはもはや、3・11の経験をなかったことにできるはずはない。

福島第一原発の燃料デブリの処理はいまだ手をつけられておらず、廃炉の道筋はまだ見えない。中間貯蔵施設にある除染で出た大量の汚染土と廃棄物はまだその最終処分先も決まっていない。除染をすることができない山や川からはいまだに高濃度の放射性物質が検出されている。動物、魚、昆虫への被爆被害は、福島だけではなく、宮城、茨城、群馬、千葉に及ぶ。そして二〇二二年に岸田内閣は、これまで「想定していない」としてきた原発の新増設と再稼働の方針を打ち出し、狙い通り原発政策を大きく転換した。だが、そのことが国民的な議論を呼ぶことはなく、3・11でわたしたちが経験したことが語りなおされることもなかった。

「なかったこと」にするとは、忘れることではなく、起こったことを語らないことだ。語らないこと、語らせないことは、それを過去のものとして現在から切り離す巧みな記憶の詐術でもある。しかし、わたしたちはほんとうに語ることを封印する平静さを選んだのだろうか。

3・11の「その後」と言うとき、それは二重の意味を持つようになった。ひとつは「その前」

とは何もかもが違う世界の現実のことであり、そしてもうひとつの「その後」とは、起こったことの経験そのものを「なかったこと」にしようとする、わたしたちに巣くうある心性のことである。

あったことを「なかったこと」にしようとするこの壮大な自己暗示の劇は、わたしたちにとってははじめてのことではない。それはかつて経験してきたことだ。東日本大震災の惨禍とそれによって生じたもうひとつの「その後」は、七十八年前の出来事と、その後のわたしたちのありよう、すなわち戦後の日本を改めて問うてくることになった。

3・11によって日本が直面した現状を、大江健三郎はいちはやく「戦後最大の危機」と言い表したが、その後、原発事故をめぐる東電や政府の対応に戦後レジームの持続的な歪みを指摘した白井聡をはじめ、笠井潔、高橋哲哉、小熊英二、矢部宏治、小説では奥泉光、津島佑子などその他、戦後を多角的にとらえ直す試みが数多く出てきた。

震災による多数の死者が戦争の記憶をよみがえらせたということだけではなく、戦後の経済成長の象徴としての原発の存在と、それが生んだ未曾有の厄災によって浮き彫りになった閉鎖的で無責任な政府や東電の行動様式は、日本の軍部の特質や「無責任の体系」(丸山眞男)としての歪《いびつ》な日本特有の社会構造を思い起こさせるものだった。それらを生み出した国家のあり方と日本的な心性が、3・11後と敗戦をパラレルなものとして映し出すことで、必然的に戦後日本について再考させることになった。

敗戦を終戦と言い換えて責任の所在を無化し、傷痕の経験を抑圧し、国内外の無数の死者たちを忘れ、起こったことを「なかったこと」にして平静を装い、昨日まで鬼畜であったアメリカの庇護の下、沖縄を切り捨て焼け跡の復興をはじめた。アメリカの管理と朝鮮特需によって復興の道を駆けあがり、五五年体制によって政治を封印し、経済成長へと邁進《まいしん》していった。そして消費とポストモダンという媚薬で現実と心身を麻痺させ、ひたすらに「平和と繁栄と遊戯」の時代を謳歌してきた。その〝成功〟はアメリカ史上、最も成功した占領事例となり、世界が賞賛する経済王国を築き上げることにもなった。

8・15の「その後」に生じた変わり身の早さを嘆きたいわけではない。平和や繁栄が問題なのではないし、またアメリカとの従属関係が悪いのだと言いたいわけでもない。そうではなく、それらひとつひとつの現象の奥にあってこの国を形づくり、わたしたち個々の生をつないでいるものの本質こそが問題なのだ。自分たちが何を感じ、考え、選択し、経験してきたのかという主体のありかをわたしたち自身が知る必要がある。

かつて大きな戦争があり、日本は他国を侵略し、自らも空襲や原爆といった未曾有の攻撃にさらされ膨大な死者を出し、そして国が敗れた。その事実は記録され、誰しも知識としては知ってはいる。しかしわたしたちは何のために、何と戦い、敗れたのか、戦争という究極の大規模な暴力の中心にあって誰が誰を殺し、殺されたのか、それを命じ、強いたものは何だったのか。それはいかなる経験であり、その責任と主体はどこにあったのかといった重層的で多様な内的経験を自身の言葉で解きほぐし、記憶し語り、共有することをしてこなかったことが、戦後の日本の精神構造の基底にある。

8・15の「その後」は、3・11の後のもうひとつの「その後」に通じている。

傷痕も罪も怒りも「なかったこと」にする、その自己暗示の内奥には、日本の戦後を覆い、いまなおわたしたちをとらえるある虚無的な精神の空白がひろがっている。それは何事かの抜き差しならない当事者として、主体として自らの生に関与しているという覚悟の決定的な欠落である。依って立つものがないまま選択も決定もせず、自らの生存ですら何ものかに預け、リアルを感じ取ることがどうしてもできない戦後日本のありようがそこにはある。3・11の後のもうひとつの「その後」の平静さを生み出したものも、それと同じものにほかならない。

ここで生きることを選んだ以上、「そんなことを気にするつもりなど最初からない」と最後に自らに言い聞かせる、川上弘美が描いた「わたし」の物語の先見性は驚くばかりだ。だが、十二年前にひとりの作家が怒りとともに描いた作品を、「なかったこと」にしようとする隠微な力のフラッシュバックがふたたびわたしたちを覆っている。

いま読まれるべきなのは、震災後文学としての『神様 2011』ではなく、書かれなかったその次の物語、3・11が生んだもうひとつの「その後」の物語、「神様 202X」なのではないだろうか。

いつか見た古い未来——多和田葉子『献灯使』

震災文学の文芸誌を主幹している評論家・藤田直哉は、震災後に書かれた文学のテーマについて「今のぼくたちが生きているのが、日本版の『1984』とも言うべき、「空気」による言論統制や思想統制の行われる「二重化した世界」であるというリアリティである」(「同時代としての震災後」)と述べている。

3・11は、吉村萬壱『ボラード病』(二〇一四)、多和田葉子『献灯使』(二〇一四)、桐野夏生『バラカ』(二〇一六)などディストピア小説と呼ばれる作品群を生んだ。作家たちはディストピアを通じて、あの日以来起こったことを検証、言語化し、いまここの現実に重なる、あり得たかもしれない別の世界のリアリティを描き、3・11のもうひとつの「その後」の平静さに抗おうとした。

これらの作品に共通している世界の二重性の問題は、来《きた》るべき未来を予言していると同時に、それが戦前戦中の閉塞した日本の社会を想起させる内容になっていることだ。すなわち、もうひとつの現実である未来を描くことが、過去を描くことになってしまっているのだ。作家の意図とは別に、それは取りも直さず自らの過去の経験と記憶を「なかった」ことにしてきた戦後日本の問い直し作業といえるだろう。

全米図書賞翻訳文学部門を受賞した多和田葉子の『献灯使』は、震災ディストピア小説としてひろく読まれ、これまで何度も論じられてきた。この作品を読んで頭に浮かぶのは、ヒロシマとフクシマの連続性であり、管理と鎖国を選択した近未来の日本と、国民への言論・思想統制を敷き、国際的孤立を突き進んでいった戦前戦中の日本との類似性である。重層的なデジャヴュをもたらしてくるこの作品のなかでは、戦後七十年の時間の積み重ねは完全に消え去ってしまっている。

主人公は無名《むめい》という少年である。過去の大きな事故によって日本は放射性物質で完全に汚染され、深刻な健康被害が子どもたちの生命を脅かすようになっている。ひな鳥のように首が細長く頭が大きい無名は、足の骨が曲がり、自分で立ち上がり歩くことも困難である。着替えをするのも簡単ではない。何年かして症状が進行すれば家の外にも出られなくなることもわかっている。歯が脆く、パンは液体に浸さなければ食べられない。食事は味わって食べるものではなく、食材は危険なものなのだということを一瞬たりとも忘れることができない。

無名には、苦しむという言葉の意味が理解できない。咳が出れば咳をし、食べ物が食道を上昇してくれば吐く。彼は自分のことを可哀想とも思っていない。生まれた時からずっとそうなのだ。無名だけではない。日本の子どもたちの九割はつねに微熱とともに生き、身体に障がいを持っている。

小学校のクラスには、両親そろって育てられている子は一人もいない。無名の面倒を見ているのは、曾《ひい》おじいさんの義郎《よしろう》である。彼らが暮らしているのは、東京の「西域」にある仮設住宅だ。二十三区は人が住まなくなってゴーストタウンと化している。

義郎は百歳を超えているが身体は元気だ。ここでは老人たちが子どもたちの面倒を見る。七十代は「若い老人」、九十代になってようやく「中年の老人」と言われる。子どもたちとは対照的になかなか死ねない身体を授かってしまった老人たちは、体調の悪い子どもや孫たちの面倒をみて、死亡率の高い彼らが死んでいくのを見送るという課題を負わされている。

日本は「民営化」され、「鎖国」状態となって高度な管理社会に変わっている。戦前の日本そのままに、鎖国政策によって国際的に孤立した日本では外来語は禁止され、インターネットもなくなり、情報も移動も健康も国家によって管理され、自由にものが言えなくなっている。政治が何をしようとしているのかは知らされず、個人の自由は制限されている。無名の母は沖縄で働いているが、なぜか帰ってくることはできず、そこではほんとうは何が起こっているのか知るすべはない。

義郎は事故が起きる前の時代を時折思い出しながら、日々無名の身体を気遣い、生活の世話をし、曾孫のために懸命に生きている。彼は「子孫に財産や知恵を与えてやろうなどというのは自分の傲慢にすぎなかった」と思い、「今できることは、曾孫といっしょに生きることだけだ」と自分に言い聞かせる。

病気の子どもを密かに海外に送って日本の子どもの健康状態を研究してもらう活動をしている「献灯使の会」という反政府団体が、無名を「献灯使」として選び、彼がインドに密航する場面で物語は閉じられる。

義郎と無名、老人と子ども、汚染被害をもたらした事故の前と後、ふたりの語り手が属するふたつの時間がこの作品を成り立たせているのだが、両者を生み出した出来事や記憶が直接語られることはない。

義郎と無名は別々の経験、時間を生きている。老人の義郎がそのことを体験した現在を生きるわたしたちであるならば、無名はそのことの「その後」に生まれる未来の子どもたちである。無名という固有性の剝奪された名前も、彼が病気の子どもたちを代表して「献灯使」に選ばれるのも、3・11というそのことの「その後」を生きるはずの新しい世代の象徴であることを示している。ふたりの語り手によって浮き彫りになっていくのは、語られないそのことの大きさと重さ、そして取り返しのつかなさである。

無名は一人で外出して、わざと坂を転がり降りて車椅子ごとひっくりかえるのが好きだった。転んで身体を車椅子の外に投げ出して、仰向けに寝っ転がって空を眺める。あと何年くらいそんな無謀な遠足を味わうことができるのだろう。

車椅子が倒れて外に投げ出されるのは少しも恐くなかった。ガラスの地表はそのくらいの衝撃では割れないし、身体をまるめるのは得意なので、まだ骨を折ったことはない。車椅子が倒れると、内蔵された警報機が自動的に救女隊に連絡を送り、若いおばあちゃんたちがすぐに助けに来てくれる。助けが来るまでの時間、地球の表面に投げ出されていることの喜びをかみしめる。(略)無名の世代には、悲観しないという能力が備わっていた。相変わらず可哀想なのは老人たちだった。(『献灯使』、傍点引用者)

「その後」の世界に生まれた子どもたちは、自分たちの命を損なった、語られることのない過去のそのことに対して、恨みや怒り、悲しみを持つことからあらかじめ疎外されている。彼らにできることは、そのことを語れないがゆえに悲しみ苦しみづつける老人たちを憐れむことだ。

坂を転がり車椅子からわざと投げ出される危険なひとり遊びをし、悲観しないという能力が備わった病気の少年は、大江健三郎がかつて見出した「広島的な人間」とはまったく違う種類の人間だ。大江が戦後の新しい人間のモラルとして受け止めた、原爆の悲惨を受け、死に至るなかでも屈伏することなく闘いをつづける人々と、無名が重なりあうことはない。

無名にとっては、厄災も悲惨も闘いも自分のものではないのだ。彼はいかなるものであっても与えられた生をただ受け入れて、普通の子どものようにありのまま生きようとしているにすぎない。車椅子から投げ出され、仰向けに寝転がったとき、彼が感じるのは苦しみでも悲しみでもなく、喜びなのだ。

厄災と悲惨を一身に背負わされ、なおかつそれを悲観しない能力を身に付けざるをえない生を主体的に生きる少年の姿は、そのことを拒むことによって、そのことが世界にもたらしたものを全的に表している。

その姿から感じられるのは、障がいでも不幸でもなければ、闘いでも威厳でもない。その幼い戯れが発しているのは、生命の強さと愛おしさへの肯定である。そこには、3・11の「その後」に生まれる未来の子どもたちへの多和田の眼差しがある。

無名の愛おしさは、しかし、義郎の秘められた激しい怒りと対になっている。

信号が赤から緑にかわる度に歩行者がいっせいに歩き出した長閑《のどか》な時代があった。どう見ても青色ではなく緑色の信号の光をみんな「あお」と呼んでいた。ああああおとした新鮮な野菜、ああああおと茂る草むら。そうだ、ああああおとした日曜日もあった。緑じゃない。青だ。碧だ。あおい海、あおい草原、あおい空。グリーンじゃない。え、クリーンな政治？　クリーンじゃないだろう。クリーンなんて消毒液みたいに自分の都合に合わせて殺したい者を黴菌にたとえて実際殺してしまう化学薬品に過ぎないだろう。藪の中にこそこそ隠れて、法律ばかりいじっている民営化されたお役所はオヤクソだ。クシャクシャにまるめて捨ててやりたい。野原でピクニックしたいって、曾孫はいつも言っていたんだよ。そんなささやかな夢さえ叶えてやれないのは、誰のせいだ、何のせいだ、汚染されているんだよ、野の草は。どうするつもりなんだ。財産地位には、雑草一本分の価値もない。聞け、聞け、聞け、耳かきで、耳糞みたいな言い訳を掘り出して、耳すまして、よく聞けよ。（同前）

鬱屈しながらも穏やかに日常の暮らしを維持しているはずの義郎が、無名を学校に送った帰り道に突然怒りを爆発させる。聞け。何のため、誰のための犠牲であったのか。この怒りが作品の中心に暗い穴を穿っている。

そのことをもたらしたのはわれわれであり、厄災も悲惨も闘いも本来はわれわれのものであるべきだ。断じて未来の子どもたちのものではない。だが、われわれはそれと闘いつづけることはおろか、もはや思い出すこととすらもしなくなってしまった。そのあげく、戦後の年間をいとも簡単に飛び越え、いつか見たことのある古い未来をふたたび招喚してしまったのだ。

> 思い出せそうで思い出せない昔の大きな過ちが胸を内側からかきむしる。その過ちのせいで自分たちは牢屋に閉じ込められている。（略）孫のことは娘に任せて、曾孫のことは孫に任せて、あの空の向こうに飛んで行ってしまえたらどんなにいいだろう。それは希望ではなく怒りだった。（同前、傍点引用者）

無名への愛おしさを胸に抱く義郎の黒々とした怒りのなかに、多和田の憤怒が重なる。それは、このような未来をもたらしてしまった、わたしたち自身へと真っ直ぐに向けられている。多和田葉子もまた3・11の「その後」から言葉を紡ごうとする「新しい時代の作家」のひとりである。

分断され無力化していく個——村田沙耶香『コンビニ人間』

村田沙耶香の『コンビニ人間』も、3・11のもうひとつの「その後」が生んだディストピア作品のひとつである。二〇一六年、第百五十五回芥川賞に選ばれた本作は、凋落が叫ばれて久しい純文学としては異例の売れ行きとなった。作者の村田自身、現役でコンビニのアルバイトをしていたということも話題のひとつになったが、その商業的な成功によって、村田は紅白歌合戦のゲスト審査員や、ヴォーグ・ジャパン誌が選出する「ウーマン・オブ・ザ・イヤー」に選ばれた。それだけにとどまらず、英訳版がザ・ニューヨーカー誌の編集者が選ぶ「今年最高の小説」の一つに入るという成功まで収めた。

実際、この作品は多くの人に読まれ、評論家や書評家がさまざまに論じ、ネットを覗けば無数のレビューが並び、文字通り現代では極めて珍しい、社会現象化した文学作品と言ってもよいだろう。

気が付くと、小学校のあのときのように、皆、少し遠ざかりながら私に身体を背け、それでも目だけはどこか好奇心を交えながら不気味な生き物を見るように、こちらに向けられていた。（略）正常な世界はとても強引だから、異物は静かに削除される。まっとうでない人間は処理されていく。

そうか、だから治らなくてはならないんだ。治らないと、正常な人達に削除されるんだ。

（『コンビニ人間』）

大学以来、一度も就職することなく、コンビニのアルバイトを続けている三十六歳の古倉《ふるくら》恵子が主人公である。郊外の住宅で育ち、ごく普通に育ったはずの主人公は、しかし子どもの頃から深刻な適応障害を持っている。自分の言動が周囲を戸惑わせ、混乱に陥れることを自覚していた彼女は、必要なこと以外喋らず、自分から行動しないようにすることで、何とか社会生活に対応してきた。家族はそんな彼女のことを心配し、どうにかして「治そう」としてきたのだが、本人はいったい自分の何を「治せば」いいのかわからないでいる。

たまたまコンビニのアルバイト店員になったことで、彼女はようやく居場所を見つけることができる。マニュアルに従って仕事をし、服装、しゃべり方、喜怒哀楽さえも同僚の真似をしていさえすれば、「世界の正常な部品」としていられる。彼女はコンビニ店員になることで、やっと普通の世界の片隅に収まることができたのだと感じる。

最新の商品ラインナップに完璧なマニュアル、詳細なルーティーン、決められたセリフをこなす、入れ替え可能な店員によって二十四時間稼働する場所。合理性、効率性、利便性というキーワードで満たされたコンビニという空間は、一切が正しい部品で作られており、どのようなバグやエラーも「修復」され、「強制的に正常化される」場所である。

古倉恵子はコンビニのアルバイトを十八年間つづけている。恋愛も就職もセックスも未経験、男から「気持ちが悪い」と言われても平然としている彼女の陰《かげ》りのない淡々とした語りには、自分が変わり者であり、社会に適応できないことの苦悩や抗いもなければ、心の深層の軋《きし》みが現れることもない。ただ自分が周りから異端視されているという認識があるだけだ。

「(略) 普通の人間という皮をかぶって、そのマニュアル通りに振る舞えばムラを追い出されることも、邪魔者扱いをさえることもない」
「つまり、皆の中にある『普通の人間』という架空の生き物を演じるんです。あのコンビニエンスストアで、全員が『店員』という架空の生き物を演じているのと同じですよ」
「(略) 私はいろんなことがどうでもいいんです。特に自分の意思がないので、ムラの方針があるならそれに従うのも平気だというだけなので」(同前)

彼女の行動は、自分を排除する「ムラのルール」「マニュアル」を疑うことなく受け入れ、従順に合わせようとする動機に支えられている。彼女は普通ということに対する疑問も反抗も感じなければ、社会に適応できないことへの苦悩やあやうさも持つことがない。

彼女が感じ得ているのは、世界には自分という存在を排除しようとする悪意らしいものがあるという学習の結果にすぎない。普通であることを生きようとしながら、自分を異端視する社会の規範を内面化することができない。そのため外の世界に同調しようという過剰な努力は完全な徒労であり、喜劇でしかなくなる。

彼女はしだいにコンビニに依存し離れることができなくなる。普通の人間を演じるためにつづけていたはずのコンビニの店員が、いつのまにかコンビニの店員であるために自分が存在していると思うようになる。同調への努力は限度を知らず、心身ともに「細胞レベル」にまで外の世界（＝コンビニ）と同化しようとするのだが、そのこと自体が、逆説的に彼女の異端性をより際立たせることになる。

「私は、初めて、世界の部品になることができたのだった。（略）世界の正常な部品としての私が、この日、確かに誕生したのだった」という言葉は、異端者であること、孤立していることの不安に苛まれている者ではなく、むしろ選ばれた者の陶酔すら感じられる。そして彼女が最後に到達する「コンビニ店員という動物である私」という認識は、他者性を拒絶したがゆえにたどりついた無菌の自己肯定である。そこにあるのは排除された者の怯えでも悲哀でもなく、それとは正反対のある種の選民意識とでもいえるものだ。

「気が付いたんです。私は人間である以上にコンビニ店員なんです。人間としていびつでも、たとえ食べて行けなくてのたれ死んでも、そのことから逃れられないんです。私の細胞全部が、コンビニのために存在しているんです」（同前）

コンビニに同化する以外に望むことはない。コンビニのために自分が存在する。主客が逆転する。普通でなければならないことへの圧力、世界から排除されることへの惧《おそ》れ、異端であることを隠しつづけなければならない脅迫観念は無臭化、透明化し、目の前には、社会から完全に切り離された個が、あたかも選ばれし者のように、コンビニという現代を表象する空間にぽつんと立っている。だが、その個は世界の主として立っているのではなく、コンビニに従属し完全に支配された無力な客体としてのみ存在しているにすぎない。そこにあるのは個の喪失ではなく、怒りも悲しみも淋しさもない、ただの不在である。

『コンビニ人間』が到達したところは、『こころ』の先生の「淋しさ」からはるかに隔たってしまった場所である。百年前の漱石の問いかけがもはや届くことはない場所だ。

しかし、個の不在を表象する古倉恵子は、世界の現実のなかでは脆く脆弱だ。人間である以上にコンビニ店員である、という古倉恵子の決意に対して、同棲している無職の男から、「狂ってる」「気持ちが悪い。お前なんか、人間じゃない」という罵倒《ばとう》が浴びせられる。

それまで古倉恵子に対し、「わかる」という感覚を分け持ちつつ、こちら側から安心して異端の悲喜劇をおもしろがれた読者は、男の罵倒によって、彼女がいずれこちら側の世界のルールによって排除される運命にあることに気づかされることになる。「狂ってる」「気持ちが悪い」「人間じゃない」という言葉は、わたしたちの側のものである。そのことに気づかされることによって、彼女は糾弾される存在であるということの了解を突きつけられる。

古倉恵子を異端と認定し、この社会から抹殺するのはわたしたちの側なのだ。この作品は、社会的弱者であり生産性のない負け組であり、世界を脅かす異端であるひとりの女性の物語というよりは、個の無力と不在を生きるほかない生を異端として眺め笑い、排除することを読者に問うているのだ。

古倉恵子とは誰なのか。個の無力と不在に浮遊し、何ものかに支配されるほかない生に囚われているのは誰なのか。古倉恵子へのわたしたちの嘲笑は、そのままわたしたち自身に浴びせられる。彼女を生み出し、かつ面白がりながら排除するわたしたちの側こそが主題なのだ。この入れ子構造、〝悪意〟に満ちた作為が、『コンビニ人間』をディストピア小説たらしめている。

村田沙耶香が描いた「動物である私」という他者を拒絶した無菌の自己肯定と、その排除、抹殺の構造から浮かび上がってくるのは、個の分断が行き着くところまできてしまった荒涼とした光景である。

それは3・11後にわたしたちがたどり着いた「新しい時代」の光景ではないだろうか。語られることなく「なかったこと」にされていくそのこと、連鎖する他者性を欠いた理不尽な暴力、閉塞する社会、ばらばらになっていく個、繰り返される戦後のフラッシュバック……信じるにたる普遍的な生の根拠などどこにもないことに誰しもが気づいている。であるならば、自己の利益と欲望だけを頼りに何かに支配され浸食されているような「二重の世界」を生きるほかないわたしが選びうる生のあり方とは、いったいどのようなものなのだろうか。

もはやそこでは、先生の「淋しさ」も、大江がたどった新しい生への遍歴もなかったかのように、無力で無防備な個が動物のごとくお互いを排除、抹殺しあいながら、あるいは個であることそのものを放棄しながら、客体としての生を生きるほかないのだろうか。

二 更新していく生と手渡される生

語りなおし、記憶しなおす

ここにふたりの詩人のふたつの詩がある。ひとつは、3・11と東京大空襲という大きな暴力によって奪われた近しい命たちの記憶と現在を重ねた詩。もうひとりの詩人・若松丈太郎は、高校教師をしながら試作をつづけ、チェルノブイリ原発事故の八年後の一九九四年に当地を訪れ詩を書いた。その詩は、東日本大震災の予言としてひろく読まれた。

ヒロちゃん
君がいなくなった海は
夏の光を吸いこんで
静かに輝いています

三月十日　東京大空襲
燃えながら　祖父母は
晩冬の隅田川に飛び込んだ
たくさんの大事な人たちが
燃えながら溺死した

二歳のミキちゃんをおぶって
言問橋で燃えた
孝子おばさん

六六年後　三月十一日
生まれたばかりの君は
由紀乃母さんに抱かれて
いまも「行方不明」
この世の言葉を一言も知らず水の中に行った君
この世界はなんだったのでしょうか

祖母たちの叫びの中
私を背負って逃げた母
私の背中に刺さった祖母の叫び
戦後四〇年を生き延びた母の
朝夕の祈りの手は
いつも冷たく震えていた

地震が来るよ
母は真夜中　私を起こした

そのうち
それは母の胸の鼓動だと分かったけれど
その震えは私の背中の奥に響いて　（「そのとき」渡辺みえこ）

人声のしない都市
人の歩いていない都市
四万五千の人びとがかくれんぼしている都市
鬼の私は捜しまわる
幼稚園のホールに投げ捨てられた玩具
台所のこんろにかけられたシチュー鍋
オフィスの机上のひろげたままの書類
ついさっきまで人がいた気配がどこにもあるのに
日がもう暮れる
鬼の私はとほうに暮れる
（略）

捨てられた幼稚園の広場を歩く
雑草に踏み入れる
雑草に付着していた核種が舞いあがったにちがいない
肺は核種のまじった空気をとりこんだにちがいない
神隠しの街は地上にいっそうふえるにちがいない
私たちの神隠しはきょうかもしれない
うしろで子どもの声がした気がする
ふりむいてもだれもいない
なにかが背筋をぞくっと襲う
広場にひとり立ちつくす　（「かなしみの土地 6　神隠しされた街」若松丈太郎）

あったこと、起きたことによって生まれた記憶の言葉が、それを書く者の生の現在と未来を照射している。それは固有のものでありながら、わたしたちが「なかったこと」にしようとした集合的な過去と未来の痛みに向かっている。

人間は忘れていく。生きていくために忘れる。忘却とは人間に許された生き延びるための方途でもある。それを責めることなどできない。だが、忘れていくことと、意思的に忘れる、忘れさせることとは違う。自然の風雨に洗われ、やがて形が変わっていくものと、自ら穿った穴に遺棄し、上から土を踏み固め見えなくしてしまうことは違う。

しかし、「なかったこと」にして語ることをやめても、そのことの記憶が消えてなくなるわけではない。そのことの記憶は土地に、そして人のうちに残り、未来からの予言のごとく人々の精神と営みにつながりつづける。記憶と歴史から切り離された社会は、必ず記憶と歴史から復讐されることになる。

「燃えながら溺死した」大事な人、「この世の言葉を一言も知らず水の中に行った」生まれたばかりの君、彼らにとって世界は何だったのか。朝夕に冷えた手で祈られる祈りの向かう先はどこなのか。ふりむいてもだれもない人の気配の消えた広場に孤独に立ちつくし、背筋を襲う気配に怯《おび》えているのはいったい誰なのか。死者なのか、生者なのか、それは未来の出来事なのか、過去の記憶なのか。

ふたつの詩から立ち上がる静けさは似ている。深く、冷たく、激しく、そしてかなしい静謐《せいひつ》さだ。だが、その静けさは、どこでもない宙に浮いているのではない。その静けさは詩人の声を通して、そのことを語りなおし、記憶しなおすことで、失語や忘却を拒む言葉として3・11の「その後」を裏側から映し出している。

大きな力であらゆるものをさらっていく波に抗う一塊の石くれのように、書かれた言葉は未来においてもそのことを記憶しつづける。3・11の「その後」に向き合う文学があるとするなら、あったこと、起きたことをもう一度語りなおし、記憶しなおすものであるだろう。

3・11がもたらしたものは、重層的かつ多様でその影響のあり方もさまざまであり、簡単に言い表すことはできない。いまの日本社会を生きる者の多くが、かつての大きな戦争のことをまったくと言っていいほど知らないが、それでもいまなお、八十年前の戦争が生んだそのことの影響下にある社会を生きざるをえないように、3・11がもたらしたそのこともまたわたしたちの生と社会に有形無形のさまざまな影響を与えている。

明治、戦後、そして3・11という時間軸で考えるとき、わたしたちが直面してきたのは、そのことの次に来る「その後」という「新しい時代」の生き方だった。大きな時代の切れ目につづく「その後」を迎えるために文学ができることは何だろうか。3・11後の「新しい時代の文学」とはどのようなものだろうか。

3・11の後、表現者たちを襲った失語は、「新しい時代」が突きつけてきたそのことに対する書く主体への問いであった。戦渦や震災そのものを直接的な題材として描くべきと言いたいのではない。また文学や詩がつねに過去に内省的に向き合い、社会や個のリハビリテーションや癒しのため、あるいは何らかの正しさのために書かれるべきと言うつもりもない。

文学や詩は何ものからも自由なものだ。しかし、ひとつ言えることは、文学が本来持っているはずの根本的な役割ということだ。それは、語り、記憶する固有の主体を表現する者がひとつひとつ立ち上げ、その都度わずかずつでも、何ものかを引き受けていくという作業にほかならない。背筋を襲う気配、朝夕の冷えた手の祈り。それらの言葉が引き受けようとしているのは、答えが返ってこないとわかっていても、それでも問わざるをえない問いだ。死者と生者、過去と未来、存在と不存在の間にある問いだ。問いのないところに主体が立ち上がることはない。語られるたびに問いを発するそのことが主体を呼び込み、問われているそのことと、表現する者の生を更新しつづける。それが「新しい時代の文学」の出発点である。

支柱の一点に凝縮する力のように、問いの強度こそが言葉の中心を生む。そのような言葉でなければ、他者性を欠いた理不尽な暴力に抗うことも、記憶と歴史の喪失にも、個の無力や不在にも耐えることなどできはしない。

そのことの記憶を巡る物語――いしいしんじ『海と山のピアノ』

『プラネタリウムのふたご』（二〇〇三）、『ポーの話』（二〇〇五）などの作品で知られるいしいしんじは、独特な作風を持つ物語作家として二〇〇〇年代に本格的に活躍をはじめた。

二〇一六年に刊行された短編集『海と山のピアノ』は、人々の命を奪い、傷つけた厄災にかかわる記憶をたどること、すなわちあったこと、起きたことの語りなおしを巡る物語である。

この短編集に収められている『ルル』という作品は、二〇一二年三月に英語版と共に同時発売された東日本大震災に向けてのアンソロジー『それでも三月は、また』に収録されたものだ。この本には当時の一線の作家たちの作品が収められているが、そのなかでも児童施設で飼われている犬を語り手としてはじまるこの作品は異彩を放っている。


犬のルルは「その日以来」、施設の子どもたちが眠るベッドに夜毎「透明な女の人たち」がおりてきて、傷を負い疲れきった子どもたちの体を優しく慰撫し語りかけているのを目にする。あるとき、透明な女の人に触れてもらっていない子どもたちがいることに気がつく。その子どもらは「ベッドでかたく身をまるめ、歯ぎしり、うめき声どころか、かすかな衣擦れの音すら発せず、真っ暗な眠りの淵にはまりこんでいる」。ルルは女の人たちの注意をひこうと試みるが、そのうち彼女たちを真似て、自らベッドに上がり、身を寄せ、首筋を舐め、長く伸びた顎の下の毛で子どもらの体を撫でるようになる。

そしてルルはある夜、部屋の暗がりで日中もほとんど動かないひとりの少女のベッドに向かう。

シーツでかくされているだけで、むこうに黒々と孔《あな》がひらいている。ルルは、おそろしい、という感覚をそれまで知らなかったが、本能的に、このシーツをめくってはいけないと、からだの内奥から警告する声が響いた。シーツのむこうにいったとたん、おまえはおまえでない別のなにかになってしまうぞ。(『ルル』、傍点引用者)

自分が経験していない痛み、想像も及ばない他者の苦しみを覗き込むことを、「おまえはおまえでない別のなにかになってしまう」ほどの「おそろしさ」だといしいは書く。非当事者としてそのことに向かうときの、相手の不幸や苦しみをけっしてわかりえないことへの罪悪感とそれゆえの孤独、そして自分のものではないはずのそのことに取り込まれ、どこかへ引き摺りこまれてしまうことの恐れ、それまでの自分が試され、揺さぶられ、果ては砕かれてしまうかもしれないことへの怯え。

あなたにはわたしの苦しみも悲しみもけっしてわかりはしない。あなたにできることは何もない……ルルと子どもたちの間、あなたとわたしの間にあるけっして届かない距離。あなたとわたし、当事者と非当事者、死者と生者との間には「おそろしい」ほど深い溝がある。その深い溝を挟んで、人々が交わすことができるのは、あなた(わたし)にはわからない、という言葉だけだ。もしわたしがその人のことを大切に思うなら、あるいはその人から大切に思われたいならば、これほどの寂しさ、悲しさはない。

けっして理解できない他者のそのことに直面することの「おそろしさ」は、わたしたちに、個は結局ばらばらの孤と無力を抱えて生きるほかない事実を気づかせる。

「おそろしさ」に怯《ひる》み、少女から後ずさりしたルルに、そのときある記憶が降りてくる。それは味噌汁にごはんを混ぜた「犬めし」の記憶だった。

きょうだいや母から離れ捨てられて野をさまよい、この施設にやってきたとき、たまじゃくしを持った白衣の「おばさん」が皿に食べ物を入れてくれた。体の隅々にまでいき渡ったその「あたたかくて滋味にあふれる透明なもの」の記憶にうながされ、ルルはふたたび少女の小さな体にぴったりと身をよせる。

まわりの闇に、あの日少女を襲ったこの世の果てのような光景が浮かんでは消えた。(略)少女の悲鳴が地の果ての風景を粉々にした。落下していくルルの足を引き裂き、首を折り、はらわたを踏みつぶした。ルルには、自分の身を少女に捧げているつもりはなかった。ばらばらになりながら考えていたのは、「おばさん」のことだった。(略)ルルは「おばさん」みたいになれれば、とおもった。いまこうして、自分が落ちていく孔に、滋味にあふれる透明なものをあたたかく注ぎかけることができれば。(略)ルルは惜しげもなく、いっそう裏返り、風きり音と悲鳴の渦巻く孔の虚空へそのあたたかみを投げた。(同前)

一杯の犬めし、「透明なあたたかいもの」の、そのわずかな記憶によって「おそろしさ」に挑んでいったルルは、子どもたちのもとに寄り添い、安らかな眠りのために彼らの悪夢のなかに飛び込んでは、絶叫と風圧に耐えながら闇の底から救い出すことを繰り返す。「なにも動くもののない暗黒の底から、悲鳴をあげる幼いからだと一体になって、淡い光の粒が天井からこぼれている、青白いシーツの上に浮上してくる」ルルは、悲鳴と痛みに全身を開き、奔流にまかれながら、子どもたちといっしょに暗黒の記憶から「その子の記憶のもっとも凪いだ場所」との往還運動に体を預ける。

それから十二年後、成長した施設の子どもたちの同窓会が開かれる。語り手はルルから、成長した子どもたちに転換する。ここであきらかになるのは、かつて子どもたちを苦しめた「あの日」とは震災のことではなく、子どもたちそれぞれの固有の苦しい過去の出来事であったことと、もうひとつ、ルルという犬自体がじつは架空の存在であったということだ。

ルルとはペットを飼うことを禁じられていた施設の子どもたちがお互いに示し合わせて作り出した「エアー犬」であったとかつての子どもたちは宴席で確認し合うが、その後、町を壊滅させ、児童施設を襲い、食堂の「おばさん」をさらっていったおそろしい震災の日のことについてみなの記憶が錯綜していく。

前半のルルの物語は、後半において十二年前の記憶に変換され、あったこと、なかったことの不確かさを巡る物語として展開していく。この短編には、震災が直接に問うてくる当事者とケアの問題と、３・11が生んだ「その後」の問題が重層的に取り入れられているのだ。

傷ついた子どもの苦しみに身を挺する犬の物語で閉じられていたならば、この作品は良心的な作家の震災の体験をとらえた佳品として読まれて終わったかもしれない。しかし、集団の記憶の欠落を震災直後に早くもテーマに据えたことによって、作品の先見性と歴史性が一気にひろがった。いしいは人々の記憶の不確かさを難じることも、修正することもしない。時が経ち、成長したかつての子どもたちの間で、いまやルルという名前さえもがおぼろになっていくことを自然なこととして受け入れていく。そして、その不確かさのなかから、そのことをもう一度語りなおそうと試みているのだ。

かつての子どもたちは「エアー犬」のことを話し合う。ほとんどの者がルルという名前さえも忘れてしまっているなかで、ひたすらその犬の名前を祈りのように唱えつづけている者たちがいる。震災以後に町を出た彼らは、その名前を呼びかけるために、この土地にもどってきたということがあきらかになる。

> ルルは透明な、架空の犬なんかじゃない。

それぞれが、のど元や額や頰に、くすぐったい毛の感触、草の香る息遣い、見かけより
ずっしりとした顎の重みをおぼえている。（同前）

彼らはルルの名前を唱和する。ルルは実在した。薄暗い部屋で難破しかかっていた私の「世界一強い浮き輪」だったのだ。ルルがいなければ、「ぼろぼろの藻屑《もくず》になって、夜の海底に沈んだにちがいなかった」。その存在が与えてくれたものは架空のものではない。目にみえないからといって、記憶が失われたからといって、そこにいない、ということにはならないと書くいしいは、記憶の不確かさ、欠落のなかから、そうであるがゆえに立ち上がる、ほんとうに起きたそのことをとらえようとしている。

表題作の『海と山のピアノ』は、人と土地を襲った「あの日」を再現しようとする物語である。海沿いの町の海岸に、ある日グランドピアノが打ちあがる。響板に張られた弦の上に十二、十三歳くらいの少女が寝ている。髪を三つ編みにし毛糸の手袋を両手にはめ、麻布のようなワンピースを着た少女は言葉を話さず、どこから来たのか、何をしているのかもわからない。町の人々は、濃い潮の香を発し、何も話さず笑っているだけの少女をちなさと名付けて受け入れる。ピアノは町の中学校の講堂に置かれ、ちなさは元海女《あま》の老女の小屋で寝起きをする。しかし、

少女は毎日のようにピアノの下で眠る。海からやってきたちなさは言葉を話さないが、ピアノの音にだけは反応する。町の子どもたちは歌や音を通じてちなさと交歓しはじめる。ちなさはやがて簡単な字を覚え、海産物センターでバイトをするようになる。

海の反対側には山がある。山には採石場の跡地があり、その岩場に自然にできた大きな穴がいくつかあいている。昔は子どもの遊び場だったが、少女が三人行方不明になってからというもの、「山の穴」は立入禁止になっている。少女たちは山でおぼれた、と人々は噂する。ちなさは、なぜかこの山のことを知りたがる。海と山は、かつても、そしていまもつながっているのだ。しかし、町の議会は、「山の穴」をコンクリートで埋めることを決める。

その直後、海岸の町に大津波がやってくる。ちなさは厄災が襲ってくるのをあらかじめわかっていたかのように町を走り回りながら、誰も想像もしなかったほどの声量で叫ぶ。

「にげて　にげて　うみが　もえている」。

人々ははじめて聞くちなさの声に立ちあがり、町で一番高い建物、中学校の校舎に走る。屋上は避難してきた人でごった返している。人々はそこから、「怒りか苛立ちか、あきらかに空中に毒づいて、炎を波ごと高々と振りあげている荒海」を見る。そして彼らは、髪をふりたてたちなさがひとり、グランドピアノを大きな波が打ち寄せる海岸に押していく姿を目にする。

ピアノとともに汀《みぎわ》までくると、ちなさは光る十本の指を鍵盤に振り下ろす。空がどよめき、土地が揺れ、海が吠え返し、火柱が次々とあがる。ちなさはピアノを波のなかに押し出し、力の限り鍵盤を叩きながら海のなかに泳ぎ出していく。人々が見ている前で、ちなさのピアノと海の吠え声が拮抗する。荒れ狂う大波はすんでのところで押しとどめられる。やがて海は表情を変えていく。

気がついたらちなさの音がやんでいた。噴きあがる火柱のあいだ、ピアノは黒い波間にただよい、ゆったり、ゆったりと、上下へ揺れていた。鍵盤にむかう小さな背中から、張りつめた糸を抜きとったように、すっ、と力が抜けるのが遠目にもわかった。諦めた、といったように。みずからの身を、いさぎよく横たえ、空からみおろす巨大な目と手に捧げよう、というかのように。

ささやかに、ピアノが鳴った。

それまでの音と明らかに違っていた。怒りを力でねじ伏せようというのでなく、その底のかなしみをすくい、手を取りあい、共にかなしむ。海の声をききとり、その響きに、同期して鎮める。（『海と山のピアノ』）

ピアノとちなさは、海のなかに姿を消してしまう。翌週、ばらばらに砕かれた何本もの白と黒の「き」が海岸に漂着し、ちなさがいつか戻ってくる日のために、町の人々はそれを拾い集め公園にきれいに敷き詰める。

海と山、死者と生者、それぞれの境界が交錯する場所としての土地と、ちなさという海の生き物を思わせる少女が紡《つむ》ぐ物語は、日本各地の古い土地に伝わっている、異界の者との遭遇譚や人身御供《ひとみごくう》といった民話や寓話の構造を思わせる。

民話や寓話のなかには、その土地に暮らした人々が共通して体験した大きな厄災や惨禍を伝承しようとしているものが少なからずある。あったこと起きたことを巡る記憶を語りなおすことでそのことを再生し、死んでいった人々、厄災や惨禍を乗り越えて生きてきた人々が積み重ねてきた集合的な精神のありようを次の世代に伝達する。『海と山のピアノ』の物語もまた、多くの命を奪い、町をさらっていった「その日」の再生、語りなおしにある。

ルルの話が、そのことに対する「おそろしさ」に向けて書かれたとするなら、ちなさの話は、自身もそのことのなかに含まれる集合的な体験と記憶の物語として書かれたといえよう。

暗黒の底で悲鳴を上げる小さなからだに安らかな眠りを与えようとした一頭の犬や、死者と生者の叫喚を引き受け海の怒りを鎮めた少女を作り出すことによってそのことを語りなおそうとしたいしいの試みは、3・11の「その後」に抗いつつ、新しい「その後」へと更新するためのひとつのはじまりとして読むことができる。

ルルやちなさのほかにも、飛行機事故で妻と娘、息子を亡くし海賊になると宣言し、天涯孤独の者たちとともに生き、やがて海で死んだ男（『海賊のうた』）、大型台風の突風で巻き上げられた子どもたちの絵を守ろうと嵐のなかに飛び出し、そのまま いなくなってしまった絵画教室の先生（『あたらしい熊』）など、『海と山のピアノ』のなかには、自分にとって切実なものや大切な他者たちのために、自らを犠牲にする生のありようがテーマとなっている作品が多い。

震災と犠牲は切り離すことができない。作家たちは、表現の方法は違えども、3・11がもたらした犠牲について考え、言葉にしてきた。いしいもまた、震災と犠牲を主題としてとらえようとしている。3・11について考えるとは、何より多数の死者とその犠牲の意味を考えることであるが、いしいは、そのことを巡る語りなおしを、生者の生の物語によって感受し、記述していこうとしている。それは死者をないがしろにするということではなく、生きる者の生のありようこそが、死者に近しくある道筋であることを示すためだ。

いしいが描く、そのことの語りなおしと、犠牲の生のあり方が発するものが、3・11の「その後」のいま、新しく立ち上がってくる。

犠牲について

犠牲という言葉の辞書上の意味としては三つある。①天地・宗廟を祭るときに供える生きた動物。いけにえ。②身命を捧げて他のために尽くすこと。ある目的を達成するために、それに伴う損失を顧みないこと。③自分の意志によらず戦争・天災・事故の巻き添えなどで生命を失ったり傷ついたりすることである。（広辞苑）

宗教的な儀式などにかかわる①や、突発的な出来事による巻き添えなどを指す③のわかりやすさに比して、ある目的のために自らの身命を尽くすという②は、多義的な意味を含んでいる。犠牲とは何らかの対象があって、その対象に供されることを示している。宗教と受難者、国家によって祀られる戦没者や革命烈士、社会や他人のために自己を投げうつことなど、犠牲が供される対象には国家、宗教、イデオロギー、社会、理念、規範、特定の集団、他者……あらゆるものが入りうる。

行為という面から見た場合、行為を構成する動機、原因、様態、結果、影響、それぞれの段階で犠牲的な要素を見出しうる。たとえば、犠牲とは無縁であったはずのある行為が期せずして犠牲的な結果を生む、あるいは動機からも結果からも離れて、その行為の様態が犠牲的な行為として成立しているということがある。すなわち、ある対象に供するという動機や目的と、行為の様態や結果が必ずしも一致しないことが起こるのだが、ここに犠牲と聖性の問題がある。

先に挙げた①のいけにえや、③の巻き添えはもちろんのこと、②の身命を捧げて他のために尽くすことにおいてさえも、行為者は必ずしも自ら望んで犠牲になることを選んだとは言えない場合がままある。規範や同調圧力の結果としていやおうなく強いられる場合や、利他を目的としているようでじつは利己から発したものであったり、あるいはその行為が無意識のうちの反応として行われることもある。たとえば見知らぬ人が電車にまさに飛びこもうとしているのを目にして、自分でも思いがけず反射的に助けようとして自らも犠牲になってしまう、そういうことが起こる。

つまり、いずれの場合も、本人の意思にかかわらず、行為やその結果に対し後になって外から犠牲という意味を付与される。意味を見出し、聖性を作り出すのは、行為の主体ではなく、他者であり国家や宗教である。あるいはそれらによって構成された時代背景や社会の要請である。

犠牲が生み出す聖性は、社会や集団に共有され伝播していく。多くの人々が亡くなった3・11の後、代受苦という言葉が巷間にひろがった。代受苦とは大乗仏教の言葉で、菩薩が他人の罪を肩代わりすることで、その苦しみを引き受ける行為のことである。瀬戸内寂聴は、メディアや説法のなかで、震災で亡くなった人は生きている者の身代わりになってくれた、尊い人々なのだと、繰り返し語りかけた。

死者たちは生者を生かすために身命を捧げた。ここで語られた代受苦とは、生者による死の意味付け、死者の犠牲化、聖性化である。理由のないまま、不運ゆえに亡くなった人々の死に根拠を与え、生きている者の癒しと、犠牲となってくれた死者への感謝と記憶の持続を促す代受苦言説は、親しい人を失った被災者だけではなく、多くの人に受け入れられるものだった。

犠牲が発する聖性の源泉にあるのは、自己犠牲による他者の救済である。犠牲的な行為のなかで最も高位にあるのは、自己利益、自己中心性の放棄としての自己犠牲の成就である。誰しもがとらわれている自己という場所から最も遠い場所で成し遂げられる行為であるからこそ、そこに聖性が宿る。

近代以前、以後にかかわらず、犠牲的な行為は聖性と結びつき、その力を得てきた。行為者の動機や意思から離れた犠牲的な行為、とりわけ自己犠牲は、他から発見され共有されることによってより純粋な聖性を帯び、多くの人を動かしていく。

死者と生者の嘆きと無念を浄化させようとする代受苦は、3・11後の人々の心に寄り添うものであった一方で、近しかった死者の自己犠牲によって生き延びてしまったという罪を生者に感じさせ、人々を自己の放棄としての犠牲へと駆り立ててしまう恐れもある。

個の意思を超えた大きな何かが、個の行為をその内側に包摂することによって聖性を獲得し、その宗教性がさらに多くの個を動員し、犠牲的な行為や、自己放棄へと飲み込んでいく、この犠牲と聖性のメカニズムが発動されたとき、誰かの行為や誰かの死は、「美」「愛」「誇り」「真理」「永遠」「癒し」「正しさ」といった言葉を纏いながら、死者であろうが、生者であろうが構わず、より高次の目的のためにあらゆる個の主体を奪略していくことがある。自己の放棄を呼びかける犠牲は、個にとって危険な装置でありうるのだ。

死を外から意味付けする。犠牲としての死を生者のための殉教として祀る。だが、亡くなった人々の死はほんとうに生者のための犠牲だったのか。死者はつねに聖なるものでなければならないのだろうか。嘆きと無念は許されないのだろうか。死者と生者をつなげるのは、自己犠牲としての聖性だけなのだろうか。

宗教を持たない者にとって、死者を死者として弔うということは、その死をその人に返してあげることでしかない。そこに聖性を求める必要はない。死は死者だけの固有のものであると同じように、生者もまたどれほど淋しく孤独であったとしても、何ものかに奪われることなく、わたしというたったひとつの個を生きるほかない。生きている者たちにできることは、嘆きと無念の声を聴きながら死者たちを弔い、いまある苦しみと悲しみに満ちた生を生き合うことだけだ。

そしてわたしたちは、どのようにすれば「わたし」というたったひとつの個を生きながら、誰かの嘆きと無念、その苦しみと悲しみの声を聴くことができるのだろうか。

あなたの苦しみへの問いかけ——シモーヌ・ヴェイユ

地球上にひろがった不幸が、わたしにとりつき、わたしを打ちのめし、はてはわたしの能力をすっかり取り去ってしまうのです。わたしが自分の能力をとりもどし、こんなふうにとりつかれた状態から解放されるとしたら、それはわたし自身が危険や苦しみをたっぷりともっている場合にかぎるのです。ですから、わたしにも働く力がでてくるためには、この条件がどうしても必要なのです。(「モーリス・シューマンへの手紙」、傍点引用者)

これはシモーヌ・ヴェイユが旧友に宛てた手紙の一節である。わたし自身が危険や苦しみをもっていることがどうしても必要だ……ロンドンに滞在していたヴェイユが、占領下にある祖国フランスに一刻も早く戻り、ナチスと闘う危険な任務につきたいとすがる思いで懇願している内容だ。このとき、ヴェイユにあったのは、愛国心というよりも、祖国の危険と苦しみに自身を晒《さら》し、自らもその当事者になることへの妄執《もうしゅう》とも思える観念である。

一九〇九年、パリのユダヤ系中流家庭に生まれたシモーヌ・ヴェイユは、十九歳で高等師範学校に入学し、その頃からマルクス主義思想や平和主義運動などに関心を持つようになる。卒業後、二十二歳で哲学教授として南フランスのル・ピュイ市の女子高等中学校に赴任するが、そこで組合活動に参加し、失業者たちのデモに加わる。彼女は失業者たちがもらう手当と同じ五フランで生活をし、残りを貧しい人に与えた。

そして学校を休学すると、電機会社の工場で一女工として働きはじめる。ヴェイユ二十五歳のときである。持病の深刻な頭痛に悩まされながら、劣悪な環境に置かれているフランスの工場労働者とともに働き生きることを選んだ彼女は心身を損いながら思索をつづける。

スペインの内戦が勃発すると、病身をおして市民戦線に参加するためスペインに駆けつけた。一九四〇年、三十一歳のとき、ドイツ軍のパリ入城に際して一家で国外に脱出する。その後、ナチスドイツに抗いながら多くの文章を残し、占領された祖国フランスに戻ることを願いながら三十四歳の若さで自殺と見紛《みまが》う死に方をした。

「人間の悲惨さという感情は、正義と愛の条件」(「『イーリアス』、あるいは力の詩篇」)だと考えたヴェイユは、この世に人々を苛《さいな》む苦難と不幸があるということを素通りすることのできない人であった。世に存在する不幸、自分と何のかかわりもない、複数のそのことがつねにヴェイユの心身を苛んだ。思い悩むだけではなく、彼女はそのことに行為と言葉によって向かっていった。ヴェイユが実践しようとしたことは、人々の不幸と苦難、すなわち人間の悲惨をどのように我が身で引き受けるかということであった。若き日の社会問題に対する憤りからはじまり、ソビエトやナチスの全体主義との闘い、祖国への思い、そしてキリスト教との出会いを通して、彼女は犠牲の生のあり方を深めていった。その短い生を辿ってみれば、辞書に定義されていない、おそらくは誰も真似のできない深く大きな犠牲というものを通じて、ヴェイユ本人が言う「愛と正義」に対する命を賭けた祈りのようなものが浮かび上がってくる。

鈴木順子の『シモーヌ・ヴェイユ「犠牲」の思想』によれば、その犠牲のあり方は、神秘体験によるキリスト教への接近や、祖国フランスへの献身的な活動など、宗教や国家といった大きな対象のために個の主体を預け、供していくものにみえるが、しかしヴェイユの犠牲の本質はそこにはないと指摘する。

たとえば国家崇拝としての愛国心を「自国を肥え太らせることのみを願い、他国を虐げ、自国の下層階級を食い物にする精神」としてヴェイユは否定している。そのような国家への犠牲は偽の犠牲にほかならない。ほんとうの愛国心とは、「国家の偉大さや栄光を愛するのではなく、むしろ敗北を喫した祖国の弱さに眼を止め、これを愛する」こと、すなわち「祖国への憐み《コンパッシオン》」(『根を持つこと』)だとし、敗北し傷を負った、善も悪も抱える弱き祖国への献身こそが国家の枠をこえた、より高次の共通善に到達するとヴェイユは考えたと論じている。

またヴェイユのキリスト論の独自性についても鈴木は考察している。ヴェイユが認め、求めたのは、十字架上の人間、イエスの犠牲の苦しみとその生のあり方がもたらす恩寵であって受肉ではなかった。神とキリストとは違う。「福音書がキリスト復活への言及を一切省いてくれたならば、私にとって信仰はもっと容易になるでしょう。十字架だけで私には十分なのです。私にとっての証拠、真に奇跡的なことがらは、受難の叙述の完璧な美しさです」(「ある修道者への手紙」)というヴェイユの言葉は、正統的なキリスト教とは対立するものだった。

ヴェイユにとってのイエス・キリストとは、十字架上でただひとり、この世においてすべてから打ち捨てられ、苦難と悲惨のなかにあって「なぜ私はこのように苦しまねばならないのか」と問いながら、神から見放され、絶望する人間としての姿であった。ヴェイユは、不幸と苦難を背負った生者であるキリスト像に、犠牲の生の恩寵、愛と正義の邂逅を見た。

この世界には、キリストのように人々の苦しみと悲しみを引き受け、恩寵をもたらした犠牲の生のあり方が存在してきたと考えたヴェイユは、地域・時代を問わず偏在するキリストを見出すために、世界各地の諸宗教および民間伝承の研究も行った。しかしキリストの受難を歴史上一回限りとするキリスト教の教義にとってヴェイユのこの考え方は当然容認できるものではなかった。社会の矛盾に対して闘いを挑んだその姿は理想主義的な革命家そのものであったが、彼女は党派やイデオロギーから距離を置き、つねに賛否を引き起こす単独者のままだった。その後、キリスト教と出会い、求道者さながら真理を求めた姿もまた、その独自性ゆえに異端的なキリスト教神秘家としてとらえられた。

ヴェイユが生涯を賭けて追究した生のあり方は、あくまで彼女の生の固有性、いわば純粋な自己本位から発した真理に近づくための一本の細い道筋であって、自己の放棄でもなければ、何ものかのために他者から発見されるものでも、利用されるべきものでもなかった。

国家、宗教、政党といったもののための犠牲を偽の犠牲として排した彼女は、十字架の上の受難者イエス・キリストへの帰依はしたものの、最後までキリスト教の洗礼を受けることはなかった。

犠牲を犠牲たらしめている社会や特定の集団から付与される聖性を退けようとするその純粋性、原理性ゆえに、ヴェイユの目指す犠牲という思想は、ヴェイユ個人の肉体と精神を焼き滅ぼすほどの熱量を持つことになった。

不幸と苦難の底で、「なぜ私は苦しまねばならないのか」と問う。しかし、どこからも答えは返ってこない。理由も意味も見出すことができないなら、もはやこの先、生きていくことなどできはしない……。その答えのない問いが向けられている先こそが神の恩寵が訪れる領域である、愛と正義が実現する場所である、そう考えたヴェイユが見ようとし、たどり着こうとしていたのはまさにその先の領域であった。その果ての地に立つために、ヴェイユは実存を賭けて、十字架に架けられたキリストのようにあらゆる不幸と苦難、厄災と悲惨を我が身に背負うことを欲した。

ここでヴェイユが到達しようとした領域のことを論じることはしない。私にはその力量もない。そのことよりも、ヴェイユというひとりの女性が、自己に忠実に生きながら、どうやって人々の苦しみと悲しみを引き受けたのか、そのことがもたらした他者との超え難い壁、「おそろしさ」をどのように乗り越えようとしたのか、そこに見出した問いのあり方に触れてみたい。

隣人愛の極致は、ただ、「君はどのように苦しんでいるのか」と問いかけることができるということに尽きる。すなわち、不幸な人の存在を、なにか陳列品の一種のようにみなしたり、「不幸な者」というレッテルを貼られた社会の一部門の見本のようにみなしたりせずに、あくまでわたしたちと正確に同じ一人の人間と見て行くことである。その人間が、たまたま、不幸のために、他の者には追随することのできないしるしを身に帯びるにいたったのだと知ることである。そのためには、ただ不幸な人の上にいちずな思いをこめた目を向けることができれば、それで十分であり、またそれがどうしても必要なことである。(「神への愛のために学業を善用することについての省察」、傍点引用者)

隣人愛という言葉の内実を「君はどのように苦しんでいるのか」という問いかけで満たしたヴェイユは、他者の苦しみや悲しみに「注意力にみたされたまなざし」を向け、自分自身のすべてをからっぽにして向き合うことが必要なのだと説いている。「不幸な人々がこの世において必要としているのは、ただ自分たちに注意をむけてくれることのできる人たちだけである」(同前)とヴェイユは言う。不幸というものによってこそ、わたしたちはそこにひとりの人がたしかに存在するということを真の意味で知りえる。「注意力」とは、そのような他者への愛にほかならない。

ヴェイユから影響を受けた大江健三郎は、「あなたはどのように苦しいのか」という問いのあり方を作品の重要なモチーフとして取り入れている。大江は、ヴェイユのいう他者の不幸をありのまま見る「注意力」に、自他の苦しみに対する治癒の力を見出そうとした。

問うこと、ただそれだけだ。この言葉にヴェイユという人の生が息づいている。ヴェイユはたしかに受難の生を送ったが、彼女はけっして殉教者ではなかった。誰も彼女の生と死を意味付けることはできない。なぜなら、ヴェイユの生のあり方が世界と他者への呼びかけそのものであるからだ。その生と死は、何ものにも簒奪されることなく、いまなおヴェイユただ一人の、一回限りの生と死として屹立《きつりつ》している。

彼女がその短い生涯で残したものとは何だったのか。それは、ある目的や対象のためではなく、また他者や社会からの見返りを求めるためでもない、ひとえにヴェイユ自身の抜き差しならない実存に根差した、それしかないという生のあり方だったといえる。ヴェイユの犠牲の生の実践から、彼女の他者の苦しみへの愛は生れたのだ。

他者性を欠いた理不尽な暴力のまん延と反復される惨禍《さんか》に襲われ、なぜ自分はこのように苦しまねばならないのかという数々の孤立した不幸が地表を覆っている。嘆きと無念を抱える死者と、隣にある人の苦しみと悲しみ、そして自らの不幸に直面して、それを引き受け乗り越えていこうとする場所にヴェイユは立っている。

隣にいる人、大切な人、いまでも親しい死者、あるいは誰とも知れない自分以外の人々と、わたしはいかに生きるか。

あなたの苦しみによってそのことに近づき、そのことによってあなたに近しくあること、そこがわたしの生が満たされる場所である。

ヴェイユの遺した犠牲の生のあり方とは、自己放棄を尊さとする自己犠牲でもなければ、利他行でもない。それは徹底してわたしを生きることの追究であった。

たとえ真理や神という言葉がなくても、ヴェイユの生のあり方は、わたしたちの生と社会のあり方の根源に触れる。彼女の隣人への問いかけは、3・11の「その後」を生きるわたしたちがこれからの生を生き合うための新しい可能性を孕んでいる。

あなたの不幸へのまなざしのなかに、わたしがいる。「あなたを苦しめているものはなんですか」という問いかけのなかに、あなたへの愛とわたしの生が共存している。それは答えを求めることではなく、答えのないことに耐えながら生きることを学ぶことなのだ。

あなたを苦しめているものが、語られ、聞かれ、記憶されることが、わたしたちを襲う神なき孤独と暴力から、わたしたちをいつか救ってくれるかもしれない。

3・11の「その後」の言葉が生まれるところ

身を呈して子どもたちの苦しみとともにあろうとするルルや、荒れ狂う海に消えていったちなさの物語は、自己犠牲的な行為へのエモーショナルな感動話として、あるいは使命の崇高さを教え諭す聖性と動員の物語のように読んでしまうことができる。しかし、その典型性を注意力をもって読むことで、作品の内奥に備わっている別の生のあり方を見出すことができる。

ルルには、自分の身を少女に捧げているつもりはなかった。ばらばらになりながら考えていたのは、「おばさん」のことだった。（略）ルルは「おばさん」みたいになれれば、とおもった。（『ルル』）

ルルは子どもたちの悲鳴と絶叫を聞いたとき、「犬めし」をくれた「おばさん」のことを思い出す。「滋味あふれる透明なあたたかいもの」が、打ち捨てられたかつての自分の心身に形を与えてくれたそのときの記憶にうながされ、ルルは反射的に自分でも思ってもいなかった行動を取った。つまり、ルルはかわいそうな子どものためにその行為を行ったのではなく、自分の生の中心にある大切なもののため、自分自身であることのために反射的にその行為をしたのだ。

気がつけばシーツの上で、ずぶ濡れになって、しゃくりあげる子どもに抱きしめられている。

ルル自身もおだやかな呼吸を取り戻し、えんえんと撫でられながら、こちらでも、向こうをえんえんと撫でつづけている感触にひたる。(同前)

相手を撫でながら、相手から撫でられる。そこから発しているのは聖性ではなく、一頭の犬とひとりの子どもの、誰にも何にも簒奪《さんだつ》されることのない、対等な関係性だ。

ルルの犠牲的な行為は、固有の生から発している。それは本人のためのものであって、けっして自己犠牲ではない。しかし、そのように自己本位的な行為でありながら、ルルはなぜヴェイユのいう注意力をもって子どもたちを襲った苦しみと向き合うことができたのだろうか。

ルルの行為を生み出した「おばさん」と「犬めし」の記憶。やせ細った野良犬に「犬めし」をくれた「おばさん」は、おそらくはっきりとした目的や理由があったわけではなく、何かを犠牲にしようとしたわけでもない。「おばさん」はただ「おばさん」であるがゆえにその行為が自然と生まれたのだ。「おばさん」はおそらく自分に与えるように、自分が食べるように野良犬に与えたのだ。にもかかわらず、「おばさん」は、誰よりも目の前の犬の苦しみを注意深く感得できることができた。

「おばさん」であることと、「犬めし」を与えることは、分かちがたく結びついている。「犬めし」がどこからやってきたのか、「おばさん」と「犬めし」のつながりに何があるのかはわからない。もしかしたら、誰かから受け取った別の「犬めし」の記憶が、彼女を「犬めし」の「おばさん」にしたのかもしれない。そしてその「犬めし」は、今度はルルに手渡され、心身の深い場所に記憶され、それが子どもたちにひとときの眠りを与えることになった。

わたし自身であることで、あなたの苦しみに触れることができる。「おばさん」とルルが受け渡した「犬めし」というひとつながりの生に宿っているのは、あなたの苦しみとわたしをつなぐ回路なのだ。

ピアノとともに火を噴く大波に向かっていき、それを渾身の力で鎮め、海のなかに消えていったちなさは、多くの命を奪い、町をさらっていった震災の「その日」を浄化する役割を果たしている。しかし、ちなさは、人助けのために命を供してくれた犠牲の死者、メモリアルとしての存在であること以上に、死者と生者の声が重なり交錯する器、死者と生者が呼び交わしあう場に生きる媒介者としての存在である。

ちなさとピアノの運ぶ渦巻きのまわりに、小さな渦潮が揺れながら寄り集まってきた。まるで海の子が寄ってくるようだった。気がつけば校舎の屋上から、いくつもの声が流れていた。(『海と山のピアノ』)

ちなさのピアノにいざなわれた人々の歌は、「その日」によって突然奪われていった死者の叫び声であると同時に、彼ら死者たちを悼む生者の哀惜と鎮魂の声でもある。つまり、死者と生者の現在進行形の対話であり、その声は死者と生者、海と山、過去と未来を分かつのではなく、新たにつなぐものだ。

人々は少女を犠牲の死者として祀り、そのことを終わらせるのではなく、彼女のピアノとともに唱和した歌を口ずさみ、いつか町に戻ってくることを祈ることによって、そのことを持続的に浄化し、恢復しようとする。

人々がこれから語り継ぐであろう、ちなさの記憶は「その日」の記憶とリンクし、それは思い出されるたび、語られるたびに、人々を失意と失語から救い、時間の経過から屹立して、そのことによって生き合う未来の生の物語を作り出していく。

あったこと、起こったこと、その記憶を注意深くたどり、語りなおすことによって浄化と恢復に向かう。その浄化と恢復は、「あなた」と「わたし」、そして「死者」と「生者」、そして「過去」と「未来」が含まれたものでなくてはならない。

真理や神はどこにもなく、ばらばらな個を包摂してくれるわけでもない。失われ、欠損したままたったひとりで地表に立つわたしが発する声が、あなたの苦しみと悲しみに向かう生のあり方に高まるとき、反復される惨禍と、いつか見た古い未来にいるわたしたち自身の生の恢復をもたらしてくれるかもしれない。

あなたの苦しみと悲しみこそが、わたしの生を満たしていく、というヴェイユを通して立ち上がってくるルルとちなさの物語は、暴力と災禍、嘆きと不幸を引き受けて、分断された個と個の間のつながりを回復させようとする、3・11の「その後」を生きるための「新しい時代の文学」としての言葉を生み出そうとしている。

おわりに――たったひとつの個の一回限りの生

漱石が「新しい時代」に生きる者に問いかけた「淋しさ」は、明治、戦後、そして3・11を経たいま、かつてないほど深まっている。わたしたちの生に巣食う底の見えない「淋しさ」は、すぐ近くにいるはずのあなたを見るまなざしを閉ざし、その声を聴く耳を塞いだまま、まさに行き止まりにある。

3・11以後、作家たちをとらえた失語が突きつけた書く主体への問いとは、深まっていく行き止まりの「淋しさ」のなかで、そのことをどのように引き受け、他者と社会とわたしの回路をどうつなぎなおすのかということだった。

あなたの苦しみとわたしの生が対峙するとき、そこに現れるのは「淋しさ」というおそろしく深い闇である。何ひとつ見ることができないでいるわたしは、あなたの苦しみ、悲しみが発する声を頼りに闇のなかを進んでいく。しかし、どこまで進んだとしてもわたしにはあなたのことを完全に理解できることはない。あなたの苦しみや悲しみは終わることはなく、わたしの生も永遠に満たされることはおそらくない。できうるのはせいぜいひとときの慰めか癒しにすぎない。

わたしにできることは、あなたのことはわかりえない、しかし、それでも隣にいる人、大切な人、いまでも親しい死者、あるいは誰とも知れない自分以外の人に問いかけつづけることだけだ。わたしであることと、あなたへの問いかけは、分かちがたく結びついている。その問いかけがわたしの生を形作っていく。

あなたとわたしの間にある根源的な「淋しさ」の受容こそが、「淋しさ」そのものに小さな裂け目を作り、闇の冷たさをわずかにあたためることができうる。漱石が、『こころ』の先生の犠牲を通して伝えようとしたのはそのことだ。あなたとわたしの間にある闇を「淋しさ」と名付けた人の、あなたはどのように苦しいのですか、という優しい問いかけが、百年のときを越えて、いまなおわたしたちの耳に届いてくる。


そして『こころ』の「先生」からの呼びかけと、ルルとちなさの物語をつなぐとき、戦後を生きた大江健三郎の生と作品がそれに重なるように響き合う。

大江は3・11の直後、自分の書くものに関心がなくなったと嘆きながら、それでも街頭に繰り出してわたしたちの前に立ち、戦後日本の危機に声を上げ、新しい決意と希望を唱えた。その姿は、わずかな喝采《かっさい》を別にすれば、黙殺されるか、批判と冷笑の的となった。

しかし、3・11の「その後」のいま、痛ましいというほかなかったその姿は、地上の混乱と暴動を治めるために地下倉から忽然と現れた、かつての一揆の指導者であったひとりの老人、『万延元年のフットボール』の「曾祖父の弟」の姿と重なる。忘却と逃避を拒み、血にまみれた記憶と情念とともに生きたその老人は、非転向の生涯の終わりにたった一度地上に姿を現し、「新しい時代」を生きる者たちの困難を代わりに背負い、無言で語りかけた。

かつて「本当の事をいおうか」という問いと引き換えに戦後という時代を引き受けた作家は、ふたたび、自らが半世紀前に描いた人物をなぞるように、地獄に在るという決意そのままに「新しい時代」に働きかけようとしていたのではないだろうか。

その姿は、「私は今自分で自分の心臓を破って、その血をあなたの顔に浴《あび》せかけようとしているのです。私の鼓動が停った時、あなたの胸に新らしい命が宿る事が出来るなら満足です」という言葉を遺して命を絶った『こころ』の「先生」を真似るように、彼が生きた時代を終焉させるためというのではなく、損なわれたもの、失われたものとともに次の世代の「新しい生」のために何かを伝えようとしていたのではないだろうか。

大江健三郎は、『こころ』を通して漱石が伝えようとした「あなたは真面目ですか」という問いかけについて、次のように述べている。

人間が社会に対してどう対するか、社会をどう作り変えようと思うか、そこで何が一番大切なことかと考えて、漱石は「真面目の力」だとしたのではないか。それが人間の根本の原理だと考え、いくつかの小説で自殺という事態を描いたのではないか。(『文学の淵を渡る』)

前近代から近代へ、社会の形が一気に変わった当時の日本の特殊な体験を通じて漱石が対峙した明治の精神に、自分が生きた戦後という時代の精神を重ねながら、大江は漱石から、社会と個人の変容に働きかけることができうる文学の力を受け止めている。

漱石から大江、そして3・11の「その後」へ、「新しい時代」から「新しい時代」へ、手渡されるものがある。個であることの宿命的な「淋しさ」を生きた「先生」から、非転向の生をまっとうした「曾祖父の弟」、そして数々の受難によって人々の魂に働きかけようとした「ギー兄さん」へ、そして惨禍の跡から生まれた「ルル」と「ちなさ」の小さな物語へとつながっているものがある。

それは、他者性を欠いた理不尽な暴力に晒され、個の無力化と分断が極まった世界で、なすすべもなく立ち竦むわたしたちに「どのように苦しいのか」と呼びかけてくれる言葉であり、その言葉を生み出した「新しい時代の作家」たちの一回限りの犠牲の生の連なりにほかならない。

更新され受け渡されてきたその犠牲の生とは、何ものかのために捧げられ、意味づけされる殉教者のものとは真逆の、たったひとつの個であるわたしを生きる先にある、世界への批評、他者への愛だ。

時代の困難を引き受けようとした「新しい時代の作家」たちからの呼びかけの声は、わたしたちばらばらのひとりひとりが、一回限りの、かけがえのないわたしを生きることの意味を教えてくれる。


そんな努力は無駄かもしれない。一度失われたものはきっともう取り返しようがない、そんなことはわかっている。ただ、そうだとして、からだとこころはどうしようもなく動く。黒々とあいた溝にむかって、懸命の身振りで腕をふりおろし、ほかほかと暖かい土を投げ込まずにはいられない。それは、人間の目に見えない世界のどこか、地の底にいつのまにか降り落ち、もはや、自分のでなくてよい、みも知らぬ誰かの胸にあいた、わずかな亀裂を浅くすることが、億万回にひとつでもあるかもしれない。(『あたらしい熊』いしいしんじ)

一度損なわれ、失われたものが元に戻ることはない。街や建物は作り直すことができても、死者はよみがえることはなく、傷跡がなくなることも、嘆きが止むことも、苦しみや悲しみをなかったことにすることもできず、ただ生きることの困難だけがつづく。瓦礫《がれき》の言葉で希望など語れるはずもない、億万回にひとつの可能性など無と同じ意味でしかないとささやき、わたしたちを説得させようとする声が聞こえてくる。

しかし、そうであったとしても、生きることの苦しみと悲しみがつづくかぎり、読まれる読まれないにかかわらず、これからもわずかずつ「からだ」と「こころ」にうながされた言葉が、荒海に砕けた白と黒の鍵盤をひとつひとつ拾い上げるように、あったこと、起きたことを語りなおし、表現する者たちの生を更新していくだろう。

暴力によって損なわれた声、記憶を奪われた声、孤独の闇の底にある声を聴き、あなたとわたしの孤独と無力をつなぐことができうる言葉、わたしたちが望んでいる「新しい時代の文学」とは大文字の文学ではなく、たったひとつの個の、一回限りの生が生み出す、何ものにも取り替えのきかない、わたし（あなた）の言葉なのだ。

奥　憲介

二〇二三年六月

引用・主要参考文献

第一章

『こころ』夏目漱石　岩波文庫
『私の個人主義』夏目漱石　講談社学術文庫
『決定版 夏目漱石』江藤淳　新潮文庫
『漱石論集成』柄谷行人　第三文明社
『小説家夏目漱石』大岡昇平　ちくま学芸文庫
『唐木順三全集』第十一巻　唐木順三　筑摩書房
『夏目漱石『こころ』をどう読むか』石原千秋編　河出書房新社
『100分de名著　夏目漱石 こころ』姜尚中　ＮＨＫ出版

第二章

『大江健三郎自選短篇』大江健三郎　岩波文庫
『大江健三郎全小説』大江健三郎　講談社
『芽むしり仔撃ち』大江健三郎　新潮文庫
『叫び声』大江健三郎　講談社文芸文庫

『個人的な体験』　大江健三郎　新潮文庫
『万延元年のフットボール』　大江健三郎　講談社文芸文庫
『われらの狂気を生き延びる道を教えよ』　大江健三郎　新潮文庫
『懐かしい年への手紙』　大江健三郎　講談社文芸文庫
『燃えあがる緑の木』　大江健三郎　新潮文庫
『晩年様式集』　大江健三郎　講談社文庫
『ヒロシマ・ノート』　大江健三郎　岩波新書
『対話　原爆後の人間』　重藤文夫、大江健三郎　新潮選書
『新しい文学のために』　大江健三郎　岩波新書
『私という小説家の作り方』　大江健三郎　新潮文庫
『大江健三郎　作家自身を語る』　大江健三郎　新潮文庫
『厳粛な綱渡り』　大江健三郎　講談社文芸文庫
『鯨の死滅する日』　大江健三郎　講談社文芸文庫
『同時代としての戦後』　大江健三郎　講談社文芸文庫
『あいまいな日本の私』　大江健三郎　岩波新書
『「話して考える」と「書いて考える」』　大江健三郎　集英社文庫
『読む人間』　大江健三郎　集英社文庫
『定義集』　大江健三郎　朝日文庫
『発言：シンポジウム』　江藤淳他　河出書房新社
『作家は行動する』　江藤淳　角川選書
『吉本隆明　江藤淳　全対話』　吉本隆明、江藤淳　中公文庫

『大江健三郎　柄谷行人　全対話』大江健三郎、柄谷行人　講談社
『大江健三郎論　未成の夢』川西政明　講談社
『大江健三郎』渡辺広士　審美文庫
『大江健三郎論』黒古一夫　彩流社
『大江健三郎全小説全解説』尾崎真理子　講談社
『講談社ＭＯＯＫ　群像特別編集　大江健三郎』講談社
『夏の花・心願の国』原民喜　新潮文庫
『生きさせろ！』雨宮処凛　ちくま文庫
『100分de名著 大江健三郎 燃えあがる緑の木』小野正嗣　ＮＨＫ出版
『ハックルベリイ・フィンの冒険』マーク・トウェイン　村岡花子訳　新潮文庫
『丸山眞男セレクション』杉田敦編　平凡社ライブラリー

第三章

『あの日から、明日へ』日本現代詩歌文学館
『命が危ない　３１１人詩集』コールサック社
『震災後文学論』木村朗子　青土社
『その後の震災後文学論』木村朗子　青土社
『世界文学としての〈震災後文学〉』木村朗子　アンヌ・バヤール＝坂井編著
『現代文学は「震災の傷」を癒やせるか』千葉一幹　ミネルヴァ書房
『東日本大震災後文学論』限界研編　南雲堂
『〈ポスト３・11〉メディア言説再考』ミツヨ・ワダ・マルシアーノ編著　法政大学出版局

『ポスト〈3・11〉小説論』芳賀浩一　水声社
『それでも三月は、また』谷川俊太郎、多和田葉子、重松清、小川洋子他　講談社
『神様 2011』川上弘美　講談社
『献灯使』多和田葉子　講談社文庫
『コンビニ人間』村田沙耶香　文春文庫
『海と山のピアノ』いしいしんじ　新潮社
『バラカ』桐野夏生　集英社
『ボラード病』吉村萬壱　文藝春秋
『東京自叙伝』奥泉光　集英社
『ヤマネコ・ドーム』津島佑子　講談社
『福島モノローグ』いとうせいこう　河出書房新社
『フクシマ原発棄民　歴史の証人』樋口健二編著　八月書館
『工場日記』シモーヌ・ヴェイユ　田辺保訳　ちくま学芸文庫
『重力と恩寵』シモーヌ・ヴェイユ　冨原眞弓訳　岩波文庫
『根をもつこと』シモーヌ・ヴェイユ　冨原眞弓訳　岩波文庫
『神を待ちのぞむ』シモーヌ・ヴェイユ　田辺保、杉山毅訳　勁草書房
『ロンドン論集とさいごの手紙』シモーヌ・ヴェイユ　田辺保、杉山毅訳　勁草書房
『ヴェーユ』冨原眞弓　清水書院
『シモーヌ・ヴェイユ「犠牲」の思想』鈴木順子　藤原書店
『シモーヌ・ヴェイユ　アンソロジー』シモーヌ・ヴェイユ　今村純子訳　河出文庫
『文学の淵を渡る』大江健三郎　古井由吉　新潮文庫

『物語　戦後文学史』本多秋五　岩波現代文庫
『戦後思想を考える』日高六郎　岩波新書
『羊の歌』加藤周一　岩波新書
『一九四六年憲法―その拘束』江藤淳　文春学藝ライブラリー
『昭和史　戦後篇』半藤一利　平凡社ライブラリー
『戦後の思想空間』大澤真幸　ちくま新書
『昭和精神史』桶谷秀昭　文藝春秋
『昭和精神史　戦後篇』桶谷秀昭　文藝春秋
『近代の拘束、日本の宿命』福田和也　文春文庫
『〈民主〉と〈愛国〉』小熊英二　新曜社
『敗北を抱きしめて』ジョン・ダワー　三浦陽一、高杉忠明訳　岩波書店
『敗戦後論』加藤典洋　筑摩書房
『戦後入門』加藤典洋　ちくま新書
『永続敗戦論』白井聡　太田出版
『戦時期日本の精神史』鶴見俊輔　岩波書店
『「戦争経験」の戦後史』成田龍一　岩波現代文庫
『〈敗戦〉と日本人』保阪正康　ちくま文庫
『戦後民主主義』山本昭宏　中公新書
『戦後「社会科学」の思想』森政稔　ＮＨＫブックス
『8・15と3・11　戦後史の死角』笠井潔　ＮＨＫ出版新書
『犠牲のシステム　福島・沖縄』高橋哲哉　集英社新書

『それでも、日本人は「戦争」を選んだ』加藤陽子　新潮文庫
『戦後史の正体』孫崎享　創元社
『日本はなぜ、「基地」と「原発」を止められないのか』矢部宏治　集英社インターナショナル
「共感をめぐる病」奥憲介　『すばる』二〇二〇年五月号

奥 憲介（おく・けんすけ）
1969年生まれ。文芸批評家。慶應義塾大学文学部卒業。東日本大震災、福島第一原発事故をきっかけに文学評論に取り組み始める。「開高健論――非当事者性というフロンティアを生きる」で2018年すばるクリティーク賞佳作。
その他の論考に「共感をめぐる病」（『すばる』2020年5月号）、「神も知らぬ無頼――森崎和江試論」（『三田文學』2021年冬季号）、「不完全な遊戯――石原慎太郎論」（『すばる』2022年7月号）、「愛国と棄国のあいだ――上海の堀田善衛」（『三田文學』2022年秋季号）などがある。戦後文学、現代社会をテーマに文芸誌等に執筆をしている。

NHK *BOOKS* 1280

「新しい時代」の文学論
夏目漱石、大江健三郎、そして3.11後へ

2023年 7 月25日　第1刷発行

著　者　**奥 憲介**
発行者　**松本浩司**
発行所　**NHK出版**
東京都渋谷区宇田川町10-3　郵便番号150-0042
電話 0570-009-321（問い合わせ）　0570-000-321（注文）
ホームページ　https://www.nhk-book.co.jp
装幀者　**水戸部 功**
印　刷　**三秀舎・近代美術**
製　本　**三森製本所**

Printed in Japan　ISBN978-4-14-091280-5　C1395

NHK BOOKS

＊文学・古典・言語・芸術

日本語の特質　金田一春彦
言語を生みだす本能(上)(下)　スティーブン・ピンカー
思考する言語―「ことばの意味」から人間性に迫る―(上)(中)(下)　スティーブン・ピンカー
小説入門のための高校入試国語　石原千秋
評論入門のための高校入試国語　石原千秋
ドストエフスキイ―その生涯と作品―　埴谷雄高
ドストエフスキー　父殺しの文学(上)(下)　亀山郁夫
英語の感覚・日本語の感覚―〈ことばの意味〉のしくみ―　池上嘉彦
英語の発想・日本語の発想　外山滋比古
絵画を読む―イコノロジー入門―　若桑みどり
フェルメールの世界―17世紀オランダ風俗画家の軌跡―　小林頼子
子供とカップルの美術史―中世から18世紀へ―　森　洋子
形の美とは何か　三井秀樹
オペラ・シンドローム―愛と死の饗宴―　島田雅彦
伝える！　作文の練習問題　野内良三
宮崎駿論―神々と子どもたちの物語―　杉田俊介
万葉集―時代と作品―　木俣　修
西行の風景　桑子敏雄
深読みジェイン・オースティン―恋愛心理を解剖する―　廣野由美子
舞台の上のジャポニスム―演じられた幻想の〈日本女性〉―　馬渕明子
スペイン美術史入門―積層する美と歴史の物語―　大髙保二郎ほか
「古今和歌集」の創造力　鈴木宏子
最新版　論文の教室―レポートから卒論まで―　戸田山和久

＊社会

嗤う日本の「ナショナリズム」　北田暁大
社会学入門―〈多元化する時代〉をどう捉えるか―　稲葉振一郎
ウェブ社会の思想―〈遍在する私〉をどう生きるか―　鈴木謙介
新版　データで読む家族問題　湯沢雍彦／宮本みち子
現代日本の転機―「自由」と「安定」のジレンマ―　高原基彰
希望論―2010年代の文化と社会―　宇野常寛・濱野智史
団地の空間政治学　原　武史
図説　日本のメディア[新版]―伝統メディアはネットでどう変わるか―　藤竹　暁／竹下俊郎
ウェブ社会のゆくえ―〈多孔化〉した現実のなかで―　鈴木謙介
情報社会の情念―クリエイティブの条件を問う―　黒瀬陽平
未来をつくる権利―社会問題を読み解く6つの講義―　荻上チキ
新東京風景論―箱化する都市、衰退する街―　三浦　展
日本人の行動パターン　ルース・ベネディクト
「就活」と日本社会―平等幻想を超えて―　常見陽平
現代日本人の意識構造[第九版]　NHK放送文化研究所 編
争わない社会―「開かれた依存関係」をつくる―　佐藤　仁

※在庫品切れの際はご容赦下さい。